YF 8011

CORIOLAN

TRAGEDIE.

PAR M. ABEILLE.

D^m N° 3410.

A PARIS;

Chez CLAUDE BARBIN, fur le fecond
Perron de la Sainte Chappelle.

M. DC. LXXVI.
Avec Privilege du Roy.

Á
SON ALTESSE
MONSEIGNEUR
LE CHEVALIER
DE VENDOSME.

ONSEIGNEUR,

Ie ne ſçay de quel coſté je dois
regarder Coriolan, pour trou-

ā ij

EPISTRE.

ver entre VOSTRE ALTESSE & luy quelque sorte de ressemblance, que je puisse proposer au public, selon la coustume des Autheurs, comme le veritable motif du present que j'ose vous faire. Coriolan fit une cruelle guerre à sa Patrie. Vous, MONSEIGNEUR, non seulement vous vous estes signalé pour la gloire de la vostre: Mais comme si vous aviez voulu imiter les Sages de l'antiquité, qui se vantoient d'avoir tout l'Univers pour Patrie; Vous avez defendu les limites du monde Chrestien

EPISTRE.

avec autant d'ardeur que ſi vous euſſiez gardé les Frontieres de la France : & n'avez point fait ſcrupule d'aller prodiguer le Sang des Bourbons pour le ſalut des Inſulaires de Candie.

Ce zele genereux, MONSEIGNEUR, eſt bien contraire à l'emportement de mon Romain : Mais la comparaiſon de l'âge, où vous avez fait de ſi grandes actions, avec le temps de ſes Victoires, ſeroit pour luy quelque choſe de plus honteux. Les Infidelles craignoient voſtre Nom dans

EPISTRE.

un âge, où les Citoyens de ce Heros ne sçavoient presque pas qu'il fut au monde. On vous voyoit traverser le Rhin à la nage, & enfoncer les Escadrons qui en defendoient les bords, quand à peine les autres Princes font dans leurs Palais un paisible apprentissage de l'Art de la guerre. Enfin, MONSEIGNEUR, dans le temps où l'on ne peut sentir tout au plus que les premiers desirs de devenir Brave, vous aviez déja donné des preuves si extraordinaires de valeur & d'intrepidité, que vous

EPISTRE.

vous estes reduit à la necessité de faire à l'avenir des prodiges, si vous voulez augmenter la reputation de bravoure que vous n'avez acquise que trop tost.

Ainsi ce seroit inutilement que je voudrois chercher quelque raport entre VOSTRE ALTESSE & mon Heros, pour tacher de vous le rendre plus considerable. Ie sçay, MONSEIGNEUR, que vous l'avez vû favorablement sur le Theatre ; & que vous avez pris plaisir à l'entendre plus d'une fois. Cela suffit pour

ã iiij

me perſuader que s'il n'eſt pas ſans defaut, il n'eſt point auſsi ſans quelque beauté capable de toucher les grandes ames : & je ferois tort à cette penetration d'eſprit, & à cette juſteſſe de diſcernement que tout le monde admire en VOSTRE ALTESSE, ſi je croyois cet Ouvrage tout à fait indigne des applaudiſſemens dont vous l'avez honoré.

C'eſt auſsi dans cette confiance que je prens la liberté de vous l'offrir, pour avoir lieu de vous donner une mar-

EPISTRE.

que publique du profond res-
pect avec lequel je suis,

MONSEIGNEUR,

DE V. A.

Le tres-humble & tres-
obeïssant serviteur,

ABEILLE.

AU LECTEUR.

TOUS ceux qui connoiſ-
ſent l'ancienne Rome,
ſçavent ce que c'eſt que
Coriolan : & ce ſeroit faire tort à
mes Lecteurs, que de vouloir les
en inſtruire. Je me contenteray
de marquer quelques circonſtan-
ces plus obſcures de mon Hiſtoire, que l'on pourroit prendre, ſans
cela, pour des inventions de la
Poëſie.

Plutarque & Tite-Live ne s'ac-
cordent pas ſur les noms des perſonnes qui eurent part à cette

action. Tite-Live nomme le General des Volſques Attius Tullus,
la mere de Coriolan Veturie, &
ſa femme Volumnie. Au contraire, Plutarque donne le nom de
Volumnie à la mere, celuy de
Virgilie à la femme, & celuy de
Tullus Auſidius au Volſque. J'ay
preferé ces derniers noms aux
premiers, parce qu'ils m'ont ſem-
blé plus commodes à noſtre Lan-
gue; quoy que peut-eſtre l'autho-
rité de l'Autheur Grec, qui les
rapporte, ſoit moins forte que celle du Romain.

Valerie n'eſt point un Perſonna-
ge fabuleux, comme quelques-uns
ont crû. C'eſt elle, diſent ces Autheurs, à qui les Dieux inſpirerent le

deſſein d'envoyer vers Coriolan ſa mere , & ſa femme ; & qui les conduiſit elle-meſme au Camp des Volſques. Ainſi , puiſque Virgilie) n'y parut veritablement que ſous la conduite de cette Dame, j'ay pû feindre avec vray-ſemblance qu'elle n'y parut que ſous ſon nom: & que ce nom jetta Aufide & Coriolan dans une erreur, qui ne fait pas une des moindres beautez de la Piece.

L'ordre rigoureux de Coriolan contre les Deputez Romains, qui eſt le fondement de ma Fable, eſt fondé ſur la verité de l'Hiſtoire. Denys d'Halicarnaſſe rapporte, qu'il fit défenſe à ces Deputez de revenir dans ſon Camp ; & qu'il

les menaça de les traiter en Eſ-
pions , pour ſe delivrer de l'im-
portunité de leurs prieres. I'ay ad-
jouſté à ce motif la crainte des
ſoupçons des Volſques , qui devoient eſtre offenſez de ſa trop
grande facilité à recevoir trois &
quatre fois des Deputations inu-
tiles.

Pour ce qui eſt de ſon caractere,
ceux qui m'ont blaſmé de l'avoir
trop attendry , luy font tort de le
croire à l'égard de ſa mere & de ſa
femme tel qu'il eſtoit à ſes ennemis. Le meſme Coriolan que ſa
ferocité naturelle , & la rigueur de
ſa vertu rendoient ſi terrible , & ſi
odieux à la populace de Rome , ne
peut tenir ſes pleurs à l'abord de

deux perſonnes ſi cheres. Avant
meſme qu'elles euſſent ouvert la
bouche pour luy parler, il fuſt em-
porté par ſa tendreſſe comme par
un torrent, à ce que dit Plutarque:
& au rapport de Denys d'Halicarnaſſe, il s'abandonna aux mouvemens les plus paſſionnez dont le
cœur humain ſoit capable. Il n'e-
ſtoit pas meſme dans un âge à ſe
défendre de ces douces foibleſſes.
Tite-Live l'appelle jeune homme
au Siege de Coriole, qui ne prece-
da ſa mort que de cinq ans. Et puiſque dans la verité des choſes, les
pleurs de deux femmes eſtouffe-
rent en un ſeul jour, & par un ſeul
entretien toute la violence de ſes
reſſentimens, il faut dire qu'il ne

perdit la vie que pour avoir eu l'ame trop tendre. Ie ne voy donc pas quelle raison il y a de se le figurer comme un homme glacé par le froid de l'âge, & par l'austerité de sa vertu. I'ay fait assez éclater cette austerité dans les Scenes où il s'agit principalement des interests de sa gloire, au premier & au quatriéme Acte. Mais dans les Scenes où il ménage ceux de son amour; je me suis contenté d'interrompre de temps en temps le cours de sa tendresse par quelques subits retours de colere, qui servent à marquer son caractere naturel, & les combats qu'il rend pour le soustenir contre l'amour.

La mere de Coriolan que j'ay mi-

se à l'écart à caufe de fon grand
âge, & fa femme que j'ay changée
en maiftreffe, font deux libertez fi
commodes, & que tant de gens
trouvent fi fort à leur gré, que je
dois avoir peu d'égard à la critique
de quelques efprits delicats, qui fe
croyent feuls en droit de tourner
les circonftances de l'Hiftoire à
leur avantage. Ie n'ignore pas que
Virgilie n'euft eu des enfans de
fon mariage: mais ce mariage eftoi
fi recent, & ces enfans fi petits au
temps de l'exil de Coriolan, que
deux ans apres, au rapport de Plutarque, lors que Valerie vint trouver Volumnie dans fa maifon, pour
concerter le deffein de leur fortie,
elle trouva ces mefmes enfans, qui
jouioient

joüoient sur le sein de leur mere.
Cela suffit, pour faire voir que le
Parachronisme n'est pas si criminel dans l'usage que j'en ay fait :
ayant mis les choses en telle dispo-
sition, que le jour de l'exil de Coriolan, estoit celuy-la mesme qu'il
avoit destiné pour son mariage.

C'est avec la mesme liberté que
j'ay changé le temps & le lieu de
sa mort. Elle arriva chez les Volfques dans une sedition qu'Aufide
excita contre luy. Il est certain que
ce fust dans la mesme année, &
sous les mesmes Consuls qui gou-
vernoient Rome durant le Siege :
& depuis cette mort jusqu'à la fin
de l'année il se passa tant de choses,
qu'il faut croire que la mort de

ë

PREFACE.

Coriolan fuivit de bien prés fon retour au païs des Volfques. De forte que je n'ay avancé les évenemens que de peu de jours, quand je l'ay fait mourir au Camp devant Rome, & la nuit mefme du Décampement.

Quelqu'un pourroit-il s'en offenfer, apres que toute la France a donné de fi juftes applaudifïemens à une Pièce, où tous les perils que Cæfar courut en Egypte apres la mort de Pompée, & plus d'une année de fa vie eft refferrée avec tant d'art & tant de majefté dans l'efpace du jour dramatique? Apres que la mort de Pyrrhus a efté fi heureufement tranfportée de Delphes à Buthrot, par un Autheur

qui eſt ſi bien entré dans l'eſprit
des Anciens , & dans les plus tendres endroits du cœur de l'homme ? On ne luy a pas non plus re-
proché l'admirable caprice d'Her-
mionne, qui eſt la premiere à ſe
deſeſperer de la mort de Pyrrhus,
dont ſa jalouſie eſt la ſeule cauſe :
& qui tourne contre Oreſte, qu'-
elle a choiſi pour en eſtre l'inſtru-
ment, toute la fureur qu'elle ſem-
bloit devoir également faire tomber ſur luy, & ſur Andromaque ſa
rivale. C'eſt cet exemple qui m'a
enhardy à choiſir Camille pour
aire un recit paſſionné de la mort
de Coriolan, & à luy donner pour
ſon frere qui en eſt l'autheur, des
ſentimens ſi violens de dépit & de

vangeance. Ma conduite, & celle de ce grand Autheur, font ap-
puyées fur des raifons prifes de la
nature des mouvemens de noftre
ame. Dans les atteintes fubites de
plufieurs paffions oppofées, la derniere bleffure eft toufiours la plus
fenfible. De deux biens que l'on
recherche avec ardeur, celuy que
nous perdons nous infpire avec
plus de douleur le regret de fa perte, que la poffeffion de celuy qu
nous refte ne nous infpire de plai-
fir. Ainfi Camille eft plus vive-
ment touchée de la perte impre-
veuë de Coriolan, que du plaif
de la vangeance qu'elle pourro.
exercer fur fa rivale: & le coup qu
Aufide vient de porter à fon cœu.

est plus cruel & plus penetrant que l'injure qu'elle avoit receuë de Virgilie. C'est pourquoy dans cet instant, elle regarde son frere comme son principal ennemy, & sa rivale luy devient chere par la conformité de leurs interests, & deleurs passions.

J'adjouste que je crois avoir assez bien estably la vertu, & la moderation de Camille à l'égard de Virgilie, pour la rendre capable de cet effort. Pour ce qui est du rang qu'elle tient dans le Gouvernement de l'Estat & de l'Armée : l'exemple de Tanaquil & de Tullie que je fais rapporter par Albin dés la premiere Scene, suffit, ce me semble, pour l'au-

PREFACE.

thorifer. Son humeur guerriere a
fon modelle dans la Camille de
l'Æneïde, qui eftoit Volfque auffi
bien qu'elle, & qui avoit formé
aux exercices des Amazonnes
plufieurs Filles de la mefme Na-
tion. C'eft de là que j'ay tiré ex-
prés le nom, & une partie du caractere de cette Princeffe.

Ma principale gloire eft de n'a-
voir point dépleu dans un fujet que
l'on n'avoit pû jufqu'à prefent af-
fujettir aux regles du Theatre : &
que tant de fameux Autheurs n'auroient pas abandonné à ceux qui
voudroient fuivre leurs pas, s'ils
l'euffent cru capable de quelque
ornement & de quelque grace.
J'avouë que je dois une partie de

fon fuccez aux foins de ceux qui l'ont reprefenté : & quoy que leur propre gloire les engageaſt à faire tous leurs efforts pour reüſſir dans les fujets ferieux dont on les croyoit moins capables que des Comiques ; je ne laiffe pas de leur avoir obligation d'avoir defabufé le Public d'une erreur qui ne leur eſtoit guere plus defavantageufe qu'à moy, qui n'auray plus tant de fujet de craindre pour les Pieces que j'efpere leur confier à l'avenir.

NOMS DES ACTEVRS.

C. MARTIUS, { furnommé Coriola depuis la prife de Coriole fur les Volfque

AUFIDE, { General des Volfque

CAMILLE, { Sœur d'Aufide, Amate de Coriolan.

VIRGILIE, { Romaine, Maiftreff de Coriolan.

ALBIN, { Lieutenant de Coriolan.

SABINE, { Confidente de Camille.

SOLDATS. {

La Scene eft dans le Camp des Volfques devant Rome.

CORIOLAN.

TRAGEDIE.

ACTE I.

SCENE PREMIERE.

CORIOLAN, ALBIN.

CORIOLAN.

 Uoy toûjours les Romains viendront
m'inquietter ?
Dequoy leurs Deputez peuvent-ils se
flater ,
Albin? N'ont-ils pas sçeu que s'ils osoient paraistre,
Le Volsque de leur sort disposeroit en maistre ?
Que la mort ou les fers les attendoient icy ?
Ils n'ont pû l'ignorer,

A

ALBIN.

Ils l'ont appris aussi,
Seigneur : mais ils ont crû qu'un ordre si severe
N'estoit point contre un sexe à qui chacun veut
    plaire :
Et qu'ils éviteroient l'effet de vos rigueurs,
S'ils envoyoient vers vous les Vestales en pleurs.
Elles sont en ces lieux. Dans le quartier d'Aufide
Les Volsques ont conduit cette troupe timide :
Chez Camille, Seigneur, elle a passé la nuit.
Voyez à quel peril vostre ordre les reduit ?
On sçait que vostre abord aux Romains trop facile,
Vous a rendu suspect à ce Peuple indocile :
Et que pour appaiser les esprits irritez,
Aufide vous engage à ces severitez :
Mais exposerez-vous au caprice d'un homme...

CORIOLAN.

Ramenons-les, Albin, triomphantes à Rome :
Et sur ses murs détruits brisons avec éclat
Leurs chaisnes & les fers que porte le Senat.
Aussi-bien il est temps qu'une pleine victoire
Vange enfin mon amour & repare ma gloire.
Ces Prestres, ces Tribuns rampans à mes genoux,
N'ont que trop suspendu l'effet de mon courroux.
Dans le sang des Ingrats dont l'audace m'affronte,
Il faut de mon exil aller laver la honte :
Et leur faire expier l'oubly de mes bien-faits,
Par un long souvenir des maux que j'auray faits.

ALBIN.

Oüy, si Rome n'obtient la paix qu'elle demande,
A vos efforts, Seigneur, il faut qu'elle se rende :
Mais si pour se défendre elle manque de bras,
Croyez-vous que les Dieux ne la défendent pas ?

Ces Dieux qui par cent voix dont retentit le Tibre,
Declarent qu'à jamais Rome doit estre libre :
Et qui depuis vingt ans qu'elle n'a plus de Rois,
Ont soûmis nos voisins à ses nouvelles Lois ?
Voudront-ils maintenant démentir leurs presages ?
Eux dont vous avez vû les plus saintes Images
Entre les bras tremblans de leurs Prestres confus,
Vous demander la paix en ennemis vaincus ;
Se livrer pour garens de la foy populaire ;
Et sans pouvoir flechir vostre ame trop severe,
Remporter vos refus jusques sur les Autels
Où leur courroux se rend aux soûpirs des mortels.

CORIOLAN.

Je vois assez sur quoy ton scrupule se fonde,
Rome doit estre un jour la maistresse du monde.
Les Dieux l'ont prononcé. Je respecte leur voix :
Mais cette Rome, Albin, n'est pas ce que tu crois.
Je ne la connois point cette Rome immortelle,
Dans une populace inconstante & rebelle :
Je ne la connois point dans ces restes impurs
Des brigans, qui jadis vinrent peupler ses murs :
Dans ces membres mutins qu'on a vû par envie
S'armer contre le cœur qui leur donne la vie :
Assieger le Senat de leurs cris importuns :
Du pouvoir des Consuls revestir leurs Tribuns :
M'arracher en un mot du sein de ma Patrie :
Et pour dire encor plus, des bras de Virgilie.
Non, ce n'est point, te dis-je, à ces lâches Romains
Que les Dieux ont promis l'empire des humains.
Ils sont trop criminels : & les Dieux sont trop justes.
C'est à ce noble Sang, c'est aux restes augustes
De ces braves Troïens, dont l'effort glorieux
Jadis du feu des Grecs sauva ces mesmes Dieux.

A ij

C'eſt ce deſſein du Ciel que mon zele ſeconde,
Quand je viens affranchir ces Rois futurs du môſe.
Ont-ils vû les Tarquins hors du Trône expirans,
Pour voir en leurs ſujets revivre leurs Tyrans ?
Rompons ce nouveau joug dôt le poids les accable.
Si Brute eſt innocent, pourquoy ſuis-je coupable ?
Imitons-le : achevons contre un Peuple ennemy,
Ce qu'en chaſſant Tarquin il n'a fait qu'à demy :
Et meritons par là que l'avenir nous nomme
Les Vainqueurs des Romains, & les vengeurs de
    Rome.

ALBIN.

Ces noms ſont beaux, Seigneur; déja vous les portez:
Mais Brute au meſme prix les euſt-il acceptez ?
Allaſt-il emprunter des armes eſtrangeres,
Pour chaſſer les Tarquins du Trône de leurs peres ?
Vous des Volſques domptez relevant les projets,
Vous venez des Romains leur faire des ſujets...

CORIOLAN.

Que Brute fuſt heureux, qui pour affranchir Rome,
Aidé de tant de bras n'euſt qu'à perdre un ſeul
    homme !
Mais, Albin, que mon ſort eſt digne de pitié,
S'il faut pour ſauver Rome en perdre la moitié !
Et ſi ceux que je viens retirer d'eſclavage,
N'oſent que de leurs vœux ſeconder mon courage !
  Voila ce qui m'a fait chercher en d'autres lieux
Dequoy rendre la gloire au nom de nos Ayeux.
Si de ce ſang abjet qui l'a toûjours flétrie,
Je purge avec rigueur le ſein de ma Patrie;
Je traiſne à mes coſtez des peuples conquerans,
Qui rempliront ſes murs vuides de leurs tyrans;
Et qui réüniſſant deux Nations en une,
Rendront nos deſcendans dignes de leur fortune.

ALBIN.

Et de cette union des vaincus aux vainqueurs,
Dont les Siecles futurs gousteront les douceurs :
Pour en rendre l'usage aux Romains plus facile,
Vous donnerez l'exemple en épousant Camille ?

CORIOLAN.

Quoy ? sensible à l'amour que Camille a pour moy,
A Virgilie, Albin, je manquerois de foy ?
Rappelle en ton esprit cette triste journée,
Qu'aux douceurs de l'Himen nous avions destinée :
Et que le sort propice à nos persecuteurs,
Rendit par mon exil si funeste à nos cœurs.
Ceda-t-elle au torrent de la fureur commune ?
Son amour changea-t-il avecque ma fortune ?
Ne voulut-elle pas avec empressement
Partager les horreurs de mon bannissement ?
Exilé, mon mal-heur n'a point esteint sa flame :
Et vainqueur, je pourrois la bannir de mon ame ?
Non, j'atestay les Dieux en essuyant ses pleurs,
Qu'un plus heureux moment réüniroit nos cœurs.
Ce moment n'est pas loin. Je tiendray ma parole.
Bien-tost tu me verras au pié du Capitole
Demander Virgilie à ces seditieux :
Et de leur sang versé faire hommage à ses yeux.

ALBIN.

Vous croyez donc qu'Aufide y consente sans peine ?
Que Camille vous cede aux vœux d'une Romaine ?
Et qu'apres la victoire elle vous laisse en paix
Par de cruels mépris répondre à ses bien-faits ?
Défiez-vous, Seigneur, de l'amour de Camille.
Craignez tout d'un pouvoir qui luy rend tout fa-
cile.
Est-ce dans nostre Siecle un exemple inoüy,
Qu'aux caprices du sexe un peuple ait obey ?

On a vû Tanaquil recevoir de nos peres
Sur un Trône usurpé des hommages sinceres ;
Et donner au mépris de ses propres enfans,
Un esclave pour maistre aux Romains triomphans.
Nous avons vû depuis la cruelle Tullie
Envier à son pere un vain reste de vie ;
Et luy voyant quitter le Trône à pas trop lents,
Elle-mesme y courir sur ses membres sanglans.
Pretendez-vous, Seigneur, qu'en amante paisible,
Camille qui peut tout soit alors insensible ?
Et que les Volsques mesme approuvant vostre choix
De son amour trompé n'écoutent pas la voix?
Eux à qui cette voix tient lieu de mille Oracles,
Quand de vostre grandeur surmontant les ob-
    stacles,
Elle fit partager entre son frere & vous,
Le pouvoir absolu dont les Rois sont jaloux.
S'ils ont tant fait pour vous par estime pour elle,
Que ne feront-ils point pour vanger sa querelle ?
CORIOLAN.
Ah ! je ne pretens point qu'ils comprennent mon
    cœur,
Au nombre des sujets que leur fait ma valeur.
Sous l'ombre d'un pouvoir qu'entre-nous on divise,
S'il faut payer leurs soins, que Rome leur suffise :
Et que pour s'acquitter à leur tour envers moy,
Ils me laissent en paix disposer de ma foy.
Mais à Camille, Albin, tu ne rends pas justice :
Non, elle n'attend point ce cruel sacrifice.
Elle sçait que mon cœur eust passé sous ses loix,
Si l'amour m'eust permis de faire un nouveau
    choix.
Elle est trop fiere enfin, & son ame est trop belle,
Pour s'applaudir des vœux d'un amant infidelle.

Je me suis à son frere expliqué là-dessus :
Et tous mes sentimens luy sont assez connus.

Cependant penses-tu, qu'une si longue absence
N'ait point de Virgilie esbranlé la constance ?
Que son silence, Albin, me donne de soucy !
Et que je crains,...

ALBIN.

Seigneur, Aufide vient icy.

SCENE II.

CORIOLAN, AUFIDE, ALBIN.

AUFIDE.

APres tout ce que doit l'armée à vostre zele,
Puis-je obtenir de vous une grace nouvelle,
Seigneur ?

CORIOLAN.

Vous pouvez tout exiger de ma foy.

AUFIDE

Celle dont il s'agist ne regarde que moy.
Ne vous retirez pas : vous pouvez m'estre utile,
Albin ; & je voudrois que toute vostre Ville
Fust de mes sentimens instruite comme vous,
Dés aujourd'huy peut-estre elle seroit à nous.
Parmy tant de beautez dont Rome est ennoblie,
Sçavez-vous bien, Seigneur, quel rang tient Valerie?

CORIOLAN.

Oüy, Seigneur, & je puis sans trop flater mon sang,
Vous dire qu'elle peut pretendre au premier rang.

A iiij

C'est la connoistre assez.

AUFIDE.

Quoy ? Seigneur, Valerie
Par les liens du sang vous seroit-elle unie ?

CORIOLAN.

Je dis plus : & par ceux d'une tendre amitié,
Qui luy fait de mes maux prendre quelque pitié.
Du secret de mon cœur penetrant le mystere
Aux beaux yeux que j'adore elle m'apprit à plaire:
Et depuis que le sort m'a banny d'aupres d'eux,
De deux cœurs separez elle entretient les nœuds.
Voila ce qui me rend son amitié si chere :
Mais pour vos interests enfin que puis-je faire ?

AUFIDE.

Tout Seigneur, & le Ciel propice à mes desirs,
A mis entre vos mains ma gloire & mes plaisirs.
Sçachez donc qu'au milieu de cent beautez rivales,
Valerie en ce camp a conduit les Vestales,
Se flatant que l'accez qu'elle avoit prés de vous,
Ouvriroit à leurs cris un passage plus doux.

CORIOLAN.

Valerie ! Ah ! cessez de vous en mettre en peine :
Le sang, ny l'amitié ne peut rien sur ma haine,
Ses sentimens sur moy ne sont point absolus :
Si je luy dois beaucoup, je vous dois encor plus.
Poursuivons. Du succez nous avons de seurs gages :
Les Vestales , leurs Dieux nous tiennent lieu
d'ostages.
Déja Rome est à nous.

AUFIDE.

Oüy, Seigneur, je le voy :
Mais si Rome est à nous, je ne suis plus à moy.
Apres un mois d'assaut en vain Rome craintive
Voit son vainqueur soûmis à sa propre captive.

J'aime : & ce qui me fait plus de honte en aimant,
La Victoire à ses yeux n'a cousté qu'un moment.
C'est par vous que mon cœur honteux qu'on le
    surmonte,
En espere à son tour la victoire aussi prompte.
Vous pouvez d'un seul mot m'obtenir sur le sien,
Ce que d'un seul regard elle a pris sur le mien.

CORIOLAN.

Mes soins vous sont acquis , & vostre amour
    m'honnore :
Mais il est important de le cacher encore.
Les Volsques sans mesure ennemis des Romains
Pourroient impunément traverser nos desseins,
Prenons Rome , Seigneur. La guerre estant finie,
Alors je vous répons des vœux de Valerie.
Jusques-là déguisez.

AUFIDE.

            Eh peut-on un moment
Où la voir sans l'aimer, ou se taire en l'aimant ?
J'ay parlé. Qui n'eust cru ce moment favorable ?
Je voyois dans ma tente un objet adorable
Contre les fiers regards du soldat insolent,
Chercher à mes genoux un azile en tremblant,
Ses pleurs me déguisant la fierté de son ame,
D'une fausse douceur enhardissoient ma flame :
Et sa mere sembloit d'un œil encor plus doux
Inviter sa tendresse à fléchir mon courroux.

CORIOLAN.

Quoy ? sa mere en ces lieux l'auroit-elle suivie ?

AUFIDE.

Oüy, pour tyranniser ma déplorable vie.
Par leurs soûpirs flateurs toutes deux m'ont
    seduit.
Je n'ay pû resister. J'esperois que la nuit

Ralentiroit l'ardeur de ma flame nouvelle,
Ou que le jour naissant me la rendroit moins belle.
Foibles amusemens ! j'ay vû briller le jour :
Et ses appas s'accroistre avecque mon amour.
Il a falu parler. Sur la foy de ses larmes,
J'ay couru m'avoüer esclave de ses charmes.
Que vous diray-je, helas ! j'ay vû dans ses dedains
L'image de l'horreur qu'ont pour moy les Romains
Troublé, côfus, je viens tandis qu'on vous l'ameine,
Implorer vostre addresse à surmonter sa haine ;
Si mon empressement revolte ses esprits...

CORIOLAN.

Pour en venir à bout pressons nos ennemis.
Sur tout à vostre amour accoustumez Camille :
Et pour nous ménager un entretien facile,
Qu'en faveur de mon sang en ces lieux respecté,
On donne à Valerie un peu de liberté.
Je sçay que de son sort Camille est la maistresse.

AUFIDE.

Il est vray : mais ayez égard à ma foiblesse.
Vous verriez son départ suivy de mon trépas :
Au nom des Dieux, Seigneur, ne la renvoyez pas.

CORIOLAN.

Non, sa presence icy pourra nous estre utile,
Et je veux la laisser au pouvoir de Camille :
Mais au moins...

AUFIDE.

           C'est assez, pour prix d'un tel secours
Je vay contre ma sœur seconder vos amours :
Et de tant de raisons appuyer leur constance,
Que son cœur s'accoustume à vostre indifference.

SCENE III.

CORIOLAN, ALBIN.

ALBIN.

Ouy, ce nouvel amour est un gage certain
De l'union du Volsque avecque le Romain :
Et surpris du bon-heur que le Ciel vous envoye,
Je sens ..

CORIOLAN.

Ah ! cher Albin, conçois-tu bien ma joye ?
Il est vray que d'Aufide avançant le bon-heur,
Je vay me delivrer de l'Hymen de sa sœur :
Et de nos Nations cimenter l'alliance ;
Mais fais voir pour ma flame un peu de com-
      plaisance.
Apres tant de chagrins, tant d'inquiets desirs,
Qui de tous mes exploits corrompoient les plaisirs,
Je puis apprendre enfin d'une bouche fidelle,
Si Virgilie aspire à me voir auprés d'elle :
Si de son tendre cœur rien ne m'est eschappé :
Si nul de mes rivaux n'en a rien usurpé.
De ses moindres soûpirs on va me rendre compte :
Combien de mon exil elle a pleuré la honte :
Combien pour ma victoire elle a formé de vœux :
Je sçauray tout. Albin, que je vais estre heureux !
Ne tardons point, allons, prevenons Valerie.
On vient... Que voy-je ?

ALBIN.

Eh quoy, Seigneur ?

CORIOLAN.

C'est Virgilie.

Albin, je suis perdu.

SCENE IV.

CORIOLAN, VIRGILIE, ALBIN.

VIRGILIE.

NE vous allarmez pas,
Seigneur, je ne viens point excuser des ingrats.
De nos murs esbranlez par tant d'efforts funestes,
Je ne viens qu'appuyer les déplorables restes.
Abbaissez la fierté de ce Peuple mutin :
Aux ordres du Senat soûmettez son Destin.
En subissant ce joug, il subira le vostre :
Mais du joug estranger sauvez & l'un & l'autre ;
Contentez-vous enfin de regner sur les cœurs.
Eh quoy? par ces regards condamnez-vous mes
pleurs ?
Me reconnoissez-vous? suis-je vostre ennemie ?
Et croyez-vous, Seigneur, voir icy Virgilie?

CORIOLAN.

Je ne le croy que trop, Madame, & plûst aux Dieux
Que mon timide cœur peut démentir mes yeux !
Vous ne me verriez point côfus, hors de moy-mesme
Vous prouver par ma crainte à quel point je vous
aime.

Non, Volſques ni Romains, rien ne me touche
  plus.
Je vous vois, & je vois tous mes ſoins ſuperflus.
Qu'importe que par tout la Victoire me ſuive :
Je viens affranchir Rome, & vous eſtes captive.
Pour prix de voſtre amour, pour fruit de mes
  exploits,
Camille, Aufide icy vous tiennent ſous leurs lois.
Je ſuis aimé de l'une, & vous l'eſtes de l'autre :
J'ai ſçeu garder mon cœur : garderez vous le voſtre,
Madame ? Quelle force auront vos triſtes pleurs
Contre l'amour jaloux de vos cruels vainqueurs ?
Vous eſtes dans leurs fers.

    VIRGILIE.

      J'y ſuis : mais en Romaine,
Et ma captivité me cauſe peu de peine.
Oüy, Seigneur, je ſçavois vos ordres inhumains,
Et l'accueil qu'en ces lieux on faiſoit aux Romains.
Trop ſeure de tomber entre les mains d'Aufide,
J'apporte dans ſes fers un courage intrepide.
Imitez mon exemple, & calmez voſtre effroy,
Ou craignez plus pour Rome, & craignez moins
  pour moy.
Vous perdez peu de choſe en perdant Virgilie :
Mais vous nous perdez tous perdant voſtre Patrie.
Nous luy devons l'effet de nos premiers ſermens :
Et nous ſommes Romains avant que d'eſtre amans.

    CORIOLAN.

Si nous ſõmes Romains, ſommes-nous aſſez lâches
Pour voir un ſi beau nom noircy de tant de taches ?
Et pourriez-vous, Madame, aimer Coriolan
Eſclave d'un Tribun devenu ſon Tyran ?
Non, pour des factieux vos pleurs ſont peu ſinceres :
Vous ne les plaignez point, voꝰ pleurez mes miſeres.

Vous concevez les maux que loin de vos attraits...
Mais vous m'en éloignez peut-eftre pour jamais.
Helas ! je combattois avec un cœur tranquile
Et la haine de Rome, & l'amour de Camille :
Et j'aurois fait ceder avec mefme bon-heur
Camille à ma conftance, & Rome à ma valeur.
Faut-il que fur le point d'une double victoire,
Traverfant à la fois mon amour & ma gloire,
Vous veniez de Camille icy prendre la loy,
Et fournir aux Romains des armes contre moy ?
Si vous m'aimiez encore, à ce peril extreme
Deviez-vous fans pitié livrer tout ce que j'aime ?

VIRGILIE.

Non, Seigneur, de la feinte empruntant le fecours,
J'ay garanty vos feux du peril que je cours :
J'ay trompé nos rivaux. Le nom de Valerie
A leurs foupçons jaloux dérobe Virgilie.
Je n'ay que vous à craindre en ces funeftes lieux.

CORIOLAN.

Eh quoy? n'avez-vous rien à craindre de vos yeux !
En vain pour vous cacher vous ufez d'artifice.
Vos charmes, malgré vous, vous font rendre juftice.
Il faloit donc auffi pour voftre feureté,
En cachant voftre nom cacher voftre beauté.
Elle a déja d'Aufide attiré les hommages;
Et vous ferez bien-toft, fi j'en crois mes prefages,
Comme de vos attraits Rome fe l'eft promis,
De deux amis parfaits deux mortels ennemis.
A quel indigne ufage abaiffez-vous vos charmes,
Si vous vous en fervez à divifer nos armes ?
Et fi pour garantir les Romains de nos coups,
Vos yeux viennent femer la difcorde entre-nous ?

VIRGILIE.

Ah ! je ne pretens point un si foible avantage,
Mais si j'ose parler, Seigneur, à quel usage
Abbaissez-vous icy cette insigne valeur,
Et ce bras autrefois de Rome deffenseur ?
Uni par un dépit à ce Peuple barbare,
Vous craignez à mes yeux qu'on ne vous en separe?
Et ces Temples, ces Dieux que vous avez quittez,
Tant d'amis innocens que vous persecutez,
Nos cœurs depuis deux ans separez l'un de l'autre,
Le mien du moins, le mien qui vient chercher le
     vostre...
Tous ces liens rompus vous touchent foiblement,
Et ne vous coustent pas un soûpir seulement.

CORIOLAN.

Ah ! ne me faites point un si cruel outrage,
Mon cœur à vostre empire est soûmis sans partage.
Ses chagrins, ses regrets, ses soûpirs, ses douleurs,
Ses vœux, tout est pour vous. Que Rome en cher-
    che ailleurs.
Que ne me traitez-vous avec mesme justice ?
Pourquoy par tant de pleurs prevenir son supplice ?
Et prodiguer pour elle au mépris de ma foy,
Ces tendres sentimens qui ne sont dûs qu'à moy ?
Helas ! je me flatois qu'en vos murs enfermée,
D'un feu pareil au mien vous estiez animée :
Que parmy tant de cœurs où la haine regnoit,
J'avois le vôtre au moins dôt l'amour me plaignoit;
Et dont les vœux secrets propices à ma gloire,
Sous mes heureux drapaux appelloient la victoire.
Cependant aujourd'huy favorable aux Romains,
Vous venez m'arracher la victoire des mains.
C'est peu. Vous défiant du pouvoir de vos charmes,
De vostre mere encór vous empruntez les larmes.

Vous l'amenez icy.

VIRGILIE.

Non, ce n'eſt point, Seigneur,
Ma mere, qui vous vient oppoſer ſa douleur :
C'eſt la voſtre.

CORIOLAN.

La mienne ? Ah juſtes Dieux, Madame,
Qu'entens-je?Quels aſſauts livrez-vous à mon ame?
Quoi?d'un commun accord,& dans un meſme jour,
Vous armez contre moy la Nature & l'Amour ?

VIRGILIE.

Ne craignez rien : pour peu que vous vouliez at-
　　tendre,
Ce n'eſt que contre moy qu'il faudra vous defendre.
Voſtre Mere accablée & d'âge & de ſoucy,
Seure d'un prompt trépas vous attend prés d'icy.
Laiſſez-la : refuſez à ſa preſſante envie
Un moment d'entretien qui luy rendroit la vie.
La mort vous va bien-toſt delivrer de ſes cris.

CORIOLAN.

Eh de grace, eſpargnez voſtre amant, & ſon fils.
Mais j'empeſcheray bien qu'en obligeant Aufide,
Ma gloire à ma vertu ne couſte un parricide.
Courons, Madame, allons tous deux à ſes genoux,
La rendre, s'il ſe peut, plus traitable que vous.

Fin du premier Acte.

CE₺₃

ACTE II.

SCENE PREMIERE.

CAMILLE, SABINE.

SABINE.

TAndis que tout le camp s'abandonne à la joye,
Madame, à quels chagrins demeurez-vous en
proye ?
Et d'où vient qu'en un temps pour vous si glorieux,
Des larmes en secret eschapent de vos yeux ?

CAMILLE.

As-tu fait advertir cette aimable Romaine,
Sabine ?

SABINE.

Elle est encor dans la tente prochaine,
Où sa mere avec elle, & leurs Dames en pleurs,
Devant Coriolan font parler leurs douleurs :
Mais, sans manquer aux loix que le respect m'im-
pose,
De cet empressement puis-je sçavoir la cause ?
Quel plaisir aurez-vous d'essuyer ses chagrins ?
De la voir devant vous accuser les Destins ?
Et peut-estre blâmer........

B

CAMILLE.

N'importe, qu'elle vienne.
Je veux la voir, unir ma douleur à la sienne :
Et puis qu'il faut ouvrir mon secret à tes yeux,
Je vay me declarer pour Rome.

SABINE.

Vous ? ô Dieux !
Sur le point de joüir des fruits de la victoire,
Vous-mesme pouvez-vous en refuser la gloire ?
Eh quoy ? Songez-vous bien, Madame, que c'est vous
Qui de Coriolan allumez le courroux ?
Et qui n'avez conceu d'amour pour ce grand hôme,
Qu'autant qu'il a conceu de haine contre Rome ?

CAMILLE.

Oüy, je l'aimay, Sabine, & pour me l'engager,
L'amour ingenieux me fist tout ménager.
Je crus que le portant à haïr sa Patrie,
Sa haine s'estendroit jusques à Virgilie.
Helas ! que le succez répond mal à mes vœux !
Le seul aspect de Rome a redoublé ses feux.
Il n'envisage plus avec la mesme haine
Ces detestables murs où son amour l'entraisne.
C'est l'ardeur d'y revoir l'objet qui l'a charmé,
Qui pour se les ouvrir le tient encore armé :
Et bien-tost sa valeur s'y faisant un passage,
Du mépris de mes vœux ira luy faire hommage.
N'en doutons point. Si Rome est soûmise à sa loy,
Vainqueur pour Virgilie, il est perdu pour moy.

SABINE.

Pour vous qui luy donnant un glorieux azile,
L'avez si bien vangé de son ingrate Ville :
Vous qui de son pouvoir authorisant l'éclat….

CAMILLE.

L'excez de sa vertu le force à m'estre ingrat,

Sabine ; avant l'exil qui me le fit connaiſtre ,
De ce cœur que je brigue il n'eſtoit plus le maiſtre.
Je ſçeus qu'à Virgilie engagé dés long-temps ,
Ses vœux toûjours pour elle avoient eſté conſtans :
Et qu'il falloit, tandis qu'il ſoûpiroit loin d'elle ,
Pour m'en faire un amant en faire un infidelle.
Je l'entrepris. Et luy vainement combattu ,
Sans ceſſe à mes bien-faits oppoſa ſa vertu.
Ah! qu'elle devoit bien eſtouffer ma tendreſſe !
Rien moins. Sa reſiſtance augmenta ma foibleſſe.
Apres mille ſoûpirs & mille vains détours ,
Il fallut de mon frere emprunter le ſecours.
On vit Coriolan : on parla d'alliance :
De mon penchant ſecret on luy fit confidence :
Et s'il n'euſt pas encor diſpoſé de ſa foy ,
Il n'euſt point balancé pour s'engager à moy.
Il l'avoüa luy-meſme : & cet aveu ſincere
Alluma mon amour pluſtoſt que ma colere.
Heureuſe Virgilie , a qui tant d'ennemis
N'ont pû ravir un cœur trop conſtamment ſoûmis !
De ce bon-heur , Sabine , il faut que je la prive.
Elle n'en peut joüir ſi Rome n'eſt captive.
Puiſſe Rome à jamais garder ſa liberté !
Et par nos vains efforts accroiſtre ſa fierté !
Puiſſe Coriolan voir apres tant de peine ,
Mal-gré luy ſa Patrie à couvert de ſa haine ;
Et la laiſſant en paix au lieu de l'accabler ,
N'emporter que l'honneur de l'avoir fait trembler !
Alors pour me vanger de l'amour qu'il me donne ,
S'il n'eſt à moy, qu'au moins il ne ſoit à perſonne ;
Et que ſans Virgilie il ſouffre autant d'ennuy ,
Que j'en reſſentiray de n'eſtre pas à luy.
C'eſt à quoy je me veux ſervir de Valerie.
Elle eſt à ma Rivale eſtroitement unie.

Je la renvoye.

SABINE.

Eh quoy ? voftre frere y confent,
Luy qui dans les tranfports de fon amour naiffant...

CAMILLE.

Oüy, j'ay fait approuver fon départ à mon frere :
A fon repos, au mien, il eft trop neceffaire.
Il le voit, & luy-mefme en prevoyant l'effet,
Il m'applaudit déja de tout ce que j'ay fait.
Nous avons affez loin porté noftre victoire,
Defrobons pour l'amour quelque temps à la gloire,
La guerre & le repos ont chacun leurs attraits,
Mais voicy Valerie, apprens tous mes fecrets.

SCENE II.

CAMILLE, VIRGILIE, SABINE,

CAMILLE.

EH bien, vous avez veu Coriolan, Madame ?
Sans doute vos difcours ont attendry fon ame ;
Ou fi vous n'avez pû nous ravir fon appuy,
Au moins vous ne devez vous en prendre qu'à luy.
Quoy qu'un tel entretien peut nous eftre contraire,
Nous vous l'avons permis feulement pour vous
plaire :
Des attraits fi puiffans n'ont jamais d'ennemis.

VIRGILIE.

C'eft là de vos vertus ce qu'on m'avoit promis,

Madame. Elles avoient raffuré mon courage :
Mais de Coriolan j'attendois davantage.
Nos cris autour de luy n'ont éclaté qu'en vain.

CAMILLE.

Le Volfque a dôc le cœur moins dur que le Romain;
Et fi Coriolan vous paroift inflexible ,
Aufide à vos foûpirs euft efté plus fenfible ;
Et l'amour l'euft rendu favorable à des pleurs ,
Qu'avec fi peu de fruit vous prodiguiez ailleurs.

VIRGILIE.

Helas ! ce n'eft pöint là ce que mes pleurs preten-
dent,
Madame : c'eft un peu de pitié qu'ils demandent.
Je ne veux qu'obtenir au nom des Immortels ,
Qu'on ne les vienne point chaffer de leurs autels ;
Qu'on nous laiffe arrofer de larmes impuiffantes
Les cendres de nos murs encor toutes fumantes ;
Et qu'on en abandonne à la Pofterité ,
Ces reftes pour témoins que nous avons efté.

CAMILLE.

Peut-eftre pourrez-vous obtenir davantage ,
Et voftre liberté vous en eft un prefage.
Je vous la rends.

VIRGILIE.
Apres cet excez de bonté ,
Dois-je...

CAMILLE.
Vous me devez quelque fincerité.
J'attends cela du moins de voftre complaifance.
Avoüez-le. Un deffein autre que l'on ne penfe
Vous fait accompagner les Veftales icy ;
Et Rome ne fait pas voftre plus grand foucy.

VIRGILIE.

Moy ! qu'un autre intereft...

CAMILLE.

                              Je sçay qu'à Virgilie
Une tendre amitié depuis long-temps vous lie ;
Que le bruit d'un Hymen dont on parle chez nous,
A donné quelque allarme à son amour jaloux;
Et qu'enfin vous venez confidente fidelle
Voir si Coriolan se souvient encor d'elle.
Je le sçay. C'est en vain que vous en rougissez.
Je ne me trompe point.

VIRGILIE.

                    Madame.

CAMILLE.

                              C'est assez.
De ce que vous voyez vous-mesme allez l'instruire.
Sur tout apprenez-luy ce que je vais vous dire.
    C'est moy qui fais servir à mon ressentiment
Le bras victorieux de son fidelle amant.
C'est moy qui l'ay conduit au pié de vos murailles,
Qui luy fait des Romains haster les funerailles,
Qui luy mets dans les yeux cet éclatant courroux,
Qu'il n'a pas mesme osé moderer devant vous.
Mais quelque ardent qu'il soit par l'espoir de me
          plaire,
D'un seul de mes regards j'esteindray sa colere :
Et Rome le verra prompt à la soulager,
Dés qu'en luy pardonnant il croira m'obliger.
Allez à Virgilie en porter la nouvelle,
C'est ce que son amour attend de vostre zele.
Vous qui n'ignorez pas ce qui peut l'allarmer,
Parlez; quel jugement pourra-t-elle en former ?

VIRGILIE.

Helas ! vous pouvez bien l'apprendre par mes lar-
          mes ;
Il faut, Madame, il faut que tout cede à vos charmes,

Rien n'y peut refister. Ah ! leur fatal éclat,
Du plus fidelle amant a fait le plus ingrat.
Je ne le voy que trop. L'air dont il m'a receuë,
Sa honte qu'il n'a pû déguifer à ma veuë,
Le trouble de fes yeux, l'embarras de fon cœur,
Tout m'a de fon amante annoncé le mal-heur.
Son ame de mes pleurs en vain enorgueillie,
Ne me craignoit pas moins qu'elle euft craint Vir-
    gilie :
Mes yeux qu'il évitoit avecque tant de foins,
De fa premiere flame ont efté les témoins.
Il s'en fouvient, & fouffre une peine cruelle
De rougir devant moy d'une flame nouvelle.
Il fçait trop l'intereft que je prens à nourrir
Ce feu, que j'ay veu naiftre, & que je vois mourir.
Que je plains Virgilie, helas ! furvivroit-elle
A fon pays détruit par fon amant rebelle !
Que dis-je ? fonge-t-elle en ce cruel moment
Qu'apres trois ans d'amour elle n'a plus d'amant?
Tant de ferments fi faints n'ont donc fait qu'un
    parjure?
Madame, à vos appas mes larmes font injure :
En vain pour les cacher je fais ce que je puis.
Mal-gré moy...
CAMILLE.
     Je conçois l'excez de vos ennuis.
Ils ne m'offencent point : mais j'ay peine à com-
    prendre
Que l'amitié produife une douleur fi tendre.
Aux maux de Virgilie avez-vous tant d'égard ?
VIRGILIE.
Ah! fes maux à mes pleurs n'ôt que la moindre part.
Je pleure mon pays reduit à l'efclavage,
Puis qu'en de nouveaux fers Coriolan s'engage.

Nous nous flations tandis qu'il aimoit parmy nous,
Que son amour pourroit balancer son courroux :
Mais enfin vos appas engageant ce grand homme,
Rompent le seul lien qui l'attachoit à Rome :
Nous perdons tout espoir de détourner ses coups,
Et Rome est à vos piez, si son cœur est à vous.

CAMILLE.

Oüy, son cœur est à moy : mais sa foy chancelante
Tient encor mal-gré luy pour sa premiere amante,
Faites qu'avec son cœur il me donne sa foy,
Je fais lever le Siege.

VIRGILIE.

O Dieux ! à quelle loy,
Voulez-vous...

CAMILLE.

Je voy bien ce qui vous inquiete :
Virgilie aura lieu d'estre peu satisfaite.
Mais sur vos sentimens Rome a bien d'autres droits,
Vous le dites au moins, Madame, & je vous crois.
Rendez-luy le repos. Vous n'avez qu'une voye
Pour aller dans ses murs répandre cette joye :
Mais elle est seure, & dés que vous l'aurez voulu,
La paix est resoluë & le traité conclu.
C'est, Madame, qu'il faut que vous & Virgilie,
(Car vous seules pouvez sauver vostre Patrie)
Par un heureux effort secondant mes souhaits,
Vous soyez les liens de cette illustre paix.
Il faut que par vos mains nos discordes finissent ;
Que par un double Hymen nos deux Peuples s'u-
      nissent ;
Et que Coriolan devenant mon espoux,
Aufide soit le vostre.

VIRGILIE.

O Ciel ! que dites-vous ?

Moy de Coriolan j'irois..... helas! Madame,
Vous fçavez que je n'ay nul pouvoir fur fon ame ;
Qu'il ne m'efcoute point : qu'apres tant d'amitié
Je n'ay pas receu mefme un regard de pitié.
Faut-il qu'à fes mefpris fans ceffe je m'expofe ?

CAMILLE.

Sur Virgilie au moins vous pouvez quelque chofe.
Allez la retrouver. Dites-luy qu'en fes niains
Je mets abfolument le deftin des Romains :
Que ufqu'à ce moment un fcrupule de gloire
A fur Coriolan retardé ma victoire :
Qu'il faut qu'en ma faveur elle renonce aux droits
Qu'un ferment fur fon cœur luy donnoit autrefois:
Et qu'à quelqu'autre amant joignant fa deftinée ;
Elle nous laiffe en paix conclure l'Hymenée.
En un mot, obtenez qu'elle prenne un efpoux :
Rendez-vous à l'amour que mon frere a pour vous,
Rome eft libre à ce prix.

VIRGILIE.

Quoy c'eft à Virgilie
De fournir un pretexte à l'ingrat qui l'oublie ?
On veut que fon exemple enhardiffe la main
Qui luy porte en tremblant le poignard dans le fein?
En aurez-vous acquis un droit plus legitime,
Quand elle aura par force authorifé le crime ?
Et que par vous reduite à ces extremitez,
Elle ira mandier un efpoux..

CAMILLE.

Efcoutez,
Madame ; je ne fçai par quel genereux zele
Ne difant rien pour vous, vous parlez tant pour elle ?
Rome ou Coriolan : l'un ou l'autre eft à moy,
Qu'elle choififfe. Vous moderez voftre effroy :

C

Et devenant fenfible à l'amour de mon frere,
Montrez à Virgilie un chemin pour me plaire.
Jufques-là qu'entre nous nos deffeins foient fecrets :
A Coriolan mefme : autrement, point de paix.
C'eft à vous maintenant d'éviter fa prefence,

SABINE.

Il vient, Madame,

VIRGILIE.
Helas !

CAMILLE.
Partez en diligence,

VIRGILIE.
Eh qu'au moins devant vous je luy dife....

CAMILLE.
Partez.

Les Veftales defia fçavent mes volontez ;
Madame ; tout eft preft.

VIRGILIE.
O Ciel ! quelle eft ma peine,

Où vay-je ?

CAMILLE.
On vous attend, Sabine, qu'on la meine,

SCENE III.

CORIOLAN, CAMILLE.

CAMILLE.

OU je me trompe fort, ou je lis dans vos yeux,
Seigneur, à quel deffein vous venez en ces lieux.
Pour un fexe innocent voftre cœur s'intereffe.

CORIOLAN.

Madame, je veux bien avoüer ma foibleffe :
Il eft vray, je n'ay veu qu'avec quelque douleur
Mes ordres obfervez avec tant de rigueur :
Les Romaines au moins devoient eftre exceptées.

CAMILLE.

Soyez donc en repos, on les a refpectées.
J'ay prevenu vos foins. On leur va de ma part
Porter en ce moment l'ordre de leur départ.
En eft-ce affez ?

CORIOLAN.

Apres cet effort de clemence,
Madame, attendez tout de ma reconnoiffance.
C'eft à moy de hafter l'effet de vos bontez.
Je vous quitte : & j'y cours.

CAMILLE.

Non, Seigneur, arreftez.
De grace envifagez ce que vous allez faire.
C'eft aigrir les foupçons d'un peuple temeraire,
Qui vous croira toûjours favorable aux Romains,
S'il vous voit luy ravir fes captives des mains.

Je sçauray sans peril, si vous m'en voulez croire,
Avec leur liberté ménager vostre gloire.
N'y prenez nulle part ; laissez-m'en tout le soin.
C'est à moy.

CORIOLAN.

Vos bontez, Madame, vont trop loin.
Mais auprés de l'objet que vostre frere adore,
Je ne puis m'empescher de le servir encore ;
Je l'ay promis. Sans doute apres cette faveur
Valerie aura peine à défendre son cœur.
Un moment d'entretien....

CAMILLE.

N'en prenez point la peine,
C'en est fait. Je l'ay sçeu rendre moins inhumaine :
Aufide par mes soins a vaincu ses mépris :
Et bien-tost....Mais, Seigneur, vous paroissez surpris?

CORIOLAN.

Madame......, dans son cœur Aufide a trouvé place?
Se peut-il....

CAMILLE.

Avoüez ce qui vous embarrasse :
Vous vouliez par l'effet d'un zele genereux,
Que mon frere vous deust le succez de ses feux.
Il ne le doit qu'à moy : laissez-m'en donc la gloire:
Et ne me venez point troubler dans ma victoire.
Adieu. je vais haster leur départ de ce pas ;
Mais laissez-moy de grace, & ne me suivez pas.

SCENE IV.

CORIOLAN, ALBIN.

CORIOLAN.

INgrate, je l'ay dit dés que ie vous ay veuë.
C'est pour m'assassiner que vous estes venuë.
Virgilie à mes yeux m'enleve donc sa foy ?
Me prefere un rival ? m'insulte ? je le voy.
Et ie le souffre ? Albin, la plainte est inutile.
Il faut s'aller saisir des chemins de la ville,
L'arrester au passage, empescher un départ,
Qui met & mon amour & ma gloire au hazard.
Va, cours......

ALBIN.

Eh croyez moins ce transport de courage,
Seigneur, & n'allez point perdre vostre advantage.
Assez d'autres grands soins troublent vostre repos.
L'amant aura son temps, triomphez en Heros :
Et remplissant les vœux de toute l'Italie ...

CORIOLAN.

Quels vœux ! si leur succez me couste Virgilie ?
Quel triomphe ? crois-tu que la pompe d'un jour
Esbloüisse des yeux éclairez par l'amour ?
Que de fraisles lauriers qu'un vain peuple m'apreste,
Puissent guerir mon cœur en couronnant ma teste ?
C'est tarder trop lóg-temps. Nous la laissons partir,
Albin : mais sans me voir peut-elle y consentir ?

C iij

Efloigné de fon cœur croit-elle que ie vive ?
Suis-moy...

ALBIN.

Quoy, vous voulez la voir encor ca' (ive]
La remettre au pouvoir...

CORIOLAN.

Non, ie veux feulement
Luy dire que ie vais expirer en l'aimant,
Mes foins pour l'attendrir peut-eftre auront des
      charmes,
Helas, fans m'émouvoir j'ay veu couler fes larmes!
J'ay fur fon trifte cœur par des coups inhumains,
Fait l'effai des rigueurs que j'aprefte aux Romains.
Elle eft de ma fureur la premiere victime.
Courons à fes genoux reparer noftre crime.
Vien, cher Albin...

SCENE V.

CORIOLAN, AUFIDE, ALBIN.

CORIOLAN.

SEigneur, on m'enleve à mes yeux,
On m'arrache l'objet..... que vous aimez le mieux]

AUFIDE.

Seigneur, on m'avoit dit....

CORIOLAN.

Camille la renvoye :
Pour vous la conferver il n'eft plus qu'une voye,
Qu'un moment.

AUFIDE.
Je croyois...

CORIOLAN.
Ah n'y confentez pas.
Voyez Camille : moy je marche fur fes pas :
Et vais pour l'arrefter mettre tout en ufage.

AUFIDE.
QUe vois-je ? quelle ardeur paroift fur fon vi-
fage ?
Je tremble, je fremis. O Ciel ! pourroit-il bien
Avoir pris de l'amour en fecondant le mien ?
Je crains tout de fon cœur ; des yeux de Valerie ;
De mon mal-heur. Non, non, fon ame eft trop unie
A l'objet qu'il aimoit avant qu'il fuft à nous.
Mais aime-t-on jamais fans devenir jaloux ?
Je le fuis : à moy-mefme en vain je le déguife ;
Laiffons-luy fans obftacle achever l'entreprife.
S'il aime, & que l'amour l'oblige à l'arrefter,
Il aura plus de peine à me la difputer.
Appuyons nos deffeins des avis de Camille.
Avis peut-eftre faux ! appuy trop inutile !
Que je crains, juftes Dieux, en cet inftant fatal,
De perdre une maiftreffe en trouvant un rival !

Fin du fecond Acte.

ACTE III.

SCENE PREMIERE.

CORIOLAN, VIRGILIE, ALBIN.

CORIOLAN.

NE me repliquez point, je fçais où je m'engage.
Allez avec ma garde occuper le paſſage.
Laiſſez-moy : je veux eſtre un moment ſans témoins.
Qu'aucun n'approche. Allez, Albin, je vous rejoins.
Madame, ſi jamais nos fortunes égales....

VIRGILIE.

Ah ! Seigneur, m'arracher du milieu des Veſtales ?
Venir ſur ces chemins à mon paſſage ouverts ;
Vous-meſme de vos mains me recharger de fers ?
Me ramener encor ſous ces fatales tentes,
Où j'ay tant répandu de larmes impuiſſantes...

CORIOLAN.

Dites plus : ou propice à des peuples ingrats,
Vous avez ſans pitié conjuré mon trépas.
Entre Camille & vous ma perte eſt reſoluë :
Vous fuïez ; & pour fuir vous évitez ma veuë.
Quãd les cruels Romains m'arrachoiét de vos bras,
Ah ! Virgilie, alors vous ne l'éviticz pas !

Vous vouliez malgré moy vous unir à ma peine :
Et du haut de ces murs d'où me chaſſoit leur haine,
Contrainte d'y languir ſous leur injuſte loy,
Vos regards enſlamez s'élançoient apres moy.
Aujourd'huy je vous cherche au milieu de cent
   autres :
Je vous trouve : & mes yeux ne trouvent point les
   voſtres.
Vous fuyez leur rencontre. Eſtrange changement ￫
Craignez-vous que mal-gré voſtre reſſentiment,
Je n'y ſurprenne encore un reſte de tendreſſe ?
Car enfin je connois le remords qui vous preſſe :
Et pour m'abandonner ſans regret, ſans effroy,
Vous vous ſouvenez trop que vous eſtes à moy.

VIRGILIE.

Moy que je ſois à vous ? qu'aucun ſerment me lie..￫
CORIOLAN.
A qui donc eſtes-vous, cruelle Virgilie ?
VIRGILIE.
Je ſuis à ce Heros des Romains protecteur,
Qui parmy les encens d'un peuple adorateur,
Revenoit triomphant des murs de Coriole
Enchaiſner la victoire au pié du Capitole.
Je ſuis à ce Heros dont les premiers exploits
Aux Volſques indomptez impoſerent des loix ;
Et qui de leurs lauriers environnant ſa teſte,
Couronna ſon vray nom du nom de ſa conqueſte.
Eſt-ce vous ? Non, Seigneur, Coriolan n'eſt plus :
Et je ne vois en vous que l'ingrat Marrius.
Gardez ce nom. Le Volſque en ſera plus docile :
Vous l'avez dû reprendre en faveur de Camille.
Coriolan pour eux eſt un nom trop fatal ;
Et leur vainqueur enfin n'eſt point leur General.

Cependant par la gloire à l'hymen entraisnée,
C'est à Coriolan que je me suis donnée ;
Et je me donne encore à quiconque apres luy
Meritera ce nom, qu'il dément aujourd'huy.

CORIOLAN.

Eh Madame, que sert d'affecter ce mystere ?
Sans meriter ce nom, Aufide a sçeu vous plaire.
Volsque, amant de deux jours, ennemy des Ro-
     mains,
Ces titres n'ont pas mesme attiré vos dedains.
Vous me le preferez.

VIRGILIE.

Je le devrois peut-estre :
Mais ma pitié pour vous veut bien encor paraistre.
Mon Hymen en ces lieux bravant vostre rigueur,
Vous cousteroit au moins quelque feinte douleur.
Je ne veux point tenir vos vœux dans la contrainte ;
Ny vous voir mal-heureux non pas mesme par
     feinte.
Je ne pourrois cacher mes déplaisirs secrets ;
Et vous entendriez mes soûpirs de trop prés.
En l'estat où je suis si quelqu'un doit me plaire,
C'est parmy nos Romains accablez de misere.
Leur sort plus que le vostre est à mon sort égal :
Et c'est là que je vais vous chercher un rival.
Portez où vous voudrez le vol que vous me faites :
Ignorez qui je suis : oubliez qui vous estes,
Vos devoirs, vostre sang, vostre nom, vos exploits :
Et me bravez enfin pour la derniere fois.

CORIOLAN.

Oüy, de ces vains exploits j'ay perdu la memoire.
J'ay démenty mon sang, j'ay negligé ma gloire.
Non plus Coriolan, ny mesme Martius ;
Sous ces noms estrangers on ne me connoist plus.

Voſtre amant. Ce nom ſeul me fait aſſez connoiſtre;
C'eſt tout ce que je ſuis : tout ce que je veux eſtre ;
Tout ce-que m'a laiſſé l'implacable courroux
De ceux qui m'ont ravi le nom de voſtre eſpoux :
Et tout ce qu'en ces lieux mandiant un azile,
J'ay porté ſans eſfroi juſqu'aux yeux de Camille.
Ah ? je n'aurois point creu pour preuve de ma foy,
Qu'il me fallut ramper ſous une indigne loy ;
Et d'un peuple inſolent adorer le caprice.
Je me flatois, ſans doute avec quelque juſtice,
Que pour eterniſer le bon-heur de mes jours,
Il ſuffiſoit pour moy de vous aimer toûjours.
Je l'ay fait. Tout l'éclat d'une grandeur nouvelle
N'a combattu qu'en vain mon cœur toûjours fi-
    delle :
Camille & ſes bien-faits n'ont pû tanter ma foy.

VIRGILIE.

Eh ſi vous le pouvez, perſuadez le moy.
Aſſurez-moy qu'un cœur qui me doit tout ſon zele,
Si rigoureux pour moy n'eſt point tendre pour elle,

CORIOLAN.

Pour elle ? moy.

VIRGILIE.

      Qui donc vous a mis à la main
Ces armes que je voy fumer du ſang Romain ?
Non non, pour m'abuſer l'effort eſt inutile.
Dans tout ce que je vois je reconnois Camille ;
Et puis qu'il ne faut rien déguiſer avec vous,
Son amour vous preſcrit cet injuſte courroux.
Obeïſſez, aimez, & ſelon ſon envie,
Apres mon triſte amour immolez-luy ma vie.

CORIOLAN.

Les traiſtres ! les cruels ! enfin j'ouvre les yeux :
Je voy que l'on m'impoſe un amour odieux.

Je connois les autheurs de ce noir artifice :
Mais ce nouveau forfait hastera leur supplice.
J'y cours. Lâches Romains, vous payrez dés ce jou
Le tort que vostre haine a fait à mon amour.

VIRGILIE.

Quoy ? Seigneur, croyez-vous . . . .

CORIOLAN.

Je sçay ce qu'il faut croire,
Camille auroit sur vous remporté la victoire ?
Et pour vous de ma foy les Volsques trop certains
Vous l'auroient dit ? non non, ce coup part des
    Romains.
Avoüez-le : & voyez jusqu'où va leur furie :
C'est peu d'estre banny du sein de ma Patrie,
Les perfides, par tout jaloux de mon bon-heur
Me veulent donc encor bannir de vostre cœur ?
Et vous, Madame, & vous de leur dessein complice,
D'une indigne pitié flatant leur injustice,
Et contre vostre amant revoltant vos douleurs,
Vous venez dans son camp l'accabler de vos pleurs.

VIRGILIE.

Je le voy, vous m'aimez.

CORIOLAN.

Ils le verront, Madame,
Et leur sang répandu justifiera ma flame.

VIRGILIE.

Ah ! justifiez-la par un plus noble effort.
Je crois tout. Croyez moins cet aveugle transport.
Si vous vous offensez d'un soupçon temeraire,
Mon triste cœur doit seul sentir vostre colere.
Rome de ce soupçon ne l'a point allarmé :
Dans ses chagrins jaloux luy seul se l'est formé.
Helas ! que de son crime il souffre bien la peine !
Pour toucher vostre cœur ma tédresse est dôc vaine,

Seigneur ? mais cependant vous vous souvenez bien
Qu'il vous a peu coufté pour triompher du mien :
Que de foibles foûpirs furent vos feules armes :
Que Rome à fes foûpirs ne joignit point fes larmes:
Qu'on ne vit point les Dieux à mes genoux...

CORIOLAN.

Eh quoy
Toûjours excufer Rome, & n'accufer que moy ?
Non, voftre amour au mien n'a point fait cet ou-
trage :
De nos perfecuteurs je reconnois la rage.

SCENE II.

CORIOLAN, VIRGILIE, ALBIN.

ALBIN.

SEigneur, Camille vient. Un gros de fes foldats
Avec empreffement s'avance fur fes pas.

VIRGILIE.

Quoy? de ma liberté s'eft-elle repentie?

CORIOLAN.

Non, non, vous eftes libre, ou je perdray la vie :
e cours au devant d'eux, ne craignez rien. Albin,
Conduifez vos foldats par un autre chemin.
Je vous fuivray de prés. Avant que le jour ceffe,
Les Romains cônoiftront jufqu'où va ma tendreffe:
Et lors que dans leur fang mon bras aura vangé
Mon amour tant de fois lafchement outragé;

Vous choifirez, Madame, ou ma mort ou ma vie;
Et dans mon propre fang lavant leur calomnie
Comme victime au moins fi ce n'eft comme époux
Je convaincray vos yeux que je n'aime que vous.

VIRGILIE.

Oüy, vous n'aimez que moy; j'en fuis trop cor-
vaincuë.

CORIOLAN.

Voicy Camille, allez, cachez-vous à fa veuë.

SCENE III.

CORIOLAN, CAMILLE.

CORIOLAN.

C'Eft affez differé, Madame, vangeons-nous
N'oppofons plus à Rome un impuiffa:
courroux.
Il faut qu'un prompt affaut....

CAMILLE.

Quelle ardeur vous enflam
Seigneur? vous qui venez...

CORIOLAN.

Je vous entends, Madame.
Je voy que l'on a pû mal juger de ma foy;
Que vous avez fujet de vous plaindre de moy.
J'ay voulu mal-gré vous parler à Valerie.
Il eft vray; mais enfin, Madame, elle eft partie,
Ses larmes fur mon cœur ont efté fans pouvoir;
Et vous me reverrez fidelle à mon devoir

Les armes à la main suivre à l'instant ses traces,
Et porter aux Romains l'effet de nos menaces.

CAMILLE.

Nous n'attendons rien moins d'un bras toufiours
      vainqueur,
Mais enfin à mon tour je lis dans voftre cœur.
Je voy que Valerie aigrit voftre colere
Par l'efpoir qu'elle donne à l'amour de mon frere ;
Qu'un pareil intereft.....

CORIOLAN.

            Eh du moins pour un jour
Songeons à la victoire & laiffons-là l'amour.

CAMILLE.

Oüy, mais avec l'amour laiffons auffi la feinte.
C'eft pour une grande ame une lafche contrainte :
Et je n'aurois pas creu qu'un Heros tel que vous,
D'un fecours fi honteux duft s'armer contre nous.

CORIOLAN.

Moy feindre ? moy couvrir d'un indigne artifice..

CAMILLE.

Vous, Seigneur, écoutez : & faites-vous Juftice.
  Je vous ay vû couvert du fang de nos foldats,
Menacer de vos fers & nous & nos Eftats.
Je vous ay veu depuis banni de voftre ville,
Venir dans mon Palais mandier un azile.
Voftre merite eftoit un outrage pour nous :
Et jufqu'à voftre nom tout parloit contre vous ;
  ependant de quel œil vis-je voftre mifere ?
Je vous fis partager le pouvoir de mon frere :
Contre fes interefts je devins voftre appuy :
Et l'armée eft à vous fi le peuple eft à luy.
Voila, s'il vous en refte encor quelque memoire,
Ce que me fit ofer le foin de voftre gloire.

Pour l'amour, vous fçavez qu'en arrivant chez nou
L'éclat de vos vertus m'en infpira pour vous.
Je ne m'en défends pas. Vous m'ouvrîtes voftre ame
Vous ne cachâtes point voftre premiere flame.
Je la vis : & j'aimay cette fincerité
Plus que je n'aurois fait voftre infidelité.
Bien plus. De cet aveu mon amour vous tint compte
Il en devint plus fort. Peut-eftre eft-ce à ma honte
Mais fi je n'obtiens pas le don de voftre foy,
C'eft à vous d'en rougir, ingrat, non pas à moy.
A vous, qui maintenant à vous-mefme contraire,
Démentant par la feinte une vertu fincere,
Apres mille ferments, & publics, & fecrets,
Ofez de ma captive adorer les attraits.

CORIOLAN.

Oüy, fi je puis brûler d'une flame nouvelle
Vous devez m'en punir, la feinte eft criminelle :
Mais fi mô feul mal-heur m'expofe à vos foupçôs.

CAMILLE.

En vain pour m'abufer vous cherchez des raifons.
Si l'aftre rigoureux fous qui je fuis formée,
M'a caché jufqu'icy comment on eft aimée.
Je fçay du moins, je fçay par mes propres combats
Ce qu'on fait quand on aime, & quâd on n'aime pas
Si de vos premiers feux vous aviez à vous plaindre
C'eftoit en ma faveur qu'il falloit les efteindre.
Voftre inconftance euft eu mille raifons d'eftat :
Et vous feriez perfide au moins fans eftre ingrat.

CORIOLAN.

Ah! Je ne le fuis point. Que le Ciel me puniffe,
Que Volfques & Romains s'arment pour mon fup-
  plice,
Si pour voftre captive aucuns empreffements
Ont pu changer......

      CAMILLE

CAMILLE.

Allez, j'en croiray vos sermens
Quand je ne croirai plus mes yeux, ceux de l'armée,
Que vostre lascheté n'a que trop allarmée,
Les vostres mesme. A tous vous nous manquez de
    foy,
Aux Volsques, à mon frere, à Virgilie, à moy :
Vous nous trahissez tous. Mais vostre perfidie
Se fait trop d'ennemis pour n'estre pas punie :
Plus que nostre courroux craignez celuy des Dieux.

CORIOLAN.

Eh bien, Madame, aux yeux de l'armée, à vos yeux,
A ceux de Rome, enfin de toute l'Italie
Je cours justifier ma flame à Virgilie.
Et de ce mesme fer, dont vostre inimitié
M'aura fait des Romains immoler la moitié ;
Je la disputeray contre la violence
De ceux qui par leur fourbe ont noirci ma côstance.
Fussent-ils avec moy plus unis d'interest
Que vous ne l'estes mesme, & qu'Aufide ne l'est.
Vous verrez si j'ay droit de parler de la sorte,
Et connoistrez quel est l'amour qui me transporte.
Adieu.

SCENE IV.

CORIOLAN, CAMILLE, ALBIN.

ALBIN.

Seigneur.

CORIOLAN.

Albin, que voy-je ?

ALBIN.

On vous trahit.

CORIOLAN.

Moy.

ALBIN.

Ce n'est plus à vous que l'armée obeït,
Les Volsques mutinez enlevent Valerie.

CORIOLAN.

Ils l'enlevent ? elle est en proye à leur furie ?
Tu n'as pû l'empescher..... Madame, je le voy;
Un si lâche attentat ne regarde que moy :
C'est moy que l'on veut perdre. Acheve.

ALBIN.

Les Captives
A peine encor du Tibre avoïent atteint les rives,
Quand ceux que pour escorte on leur avoient don-
nez,
Ont pris pour nous tromper des chemins détournez,
Et bravant de mes gens les forces inégales,
Ont saisi Valerie au milieu des Vestales.

CORIOLAN.

Mais où l'emmenent-ils, ces Volſques inhumains ?
Où vont-ils ? je ſçauray l'arracher de leurs mains ;
Duſſay-je pour punir une telle inſolence
Juſques ſur voſtre frere eſtendre ma vangeance:
Duſt la barbare main qui me porte ces coups......
Ah ! je lis dans vos yeux , Madame, que c'eſt vous.

CAMILLE.

Vous dites vray,c'eſt moy. La feinte eſt inutile.
J'ay tout fait. Commencez à redouter Camille ;
Ou pluſtoſt ſoûtenez encor ſi vous l'oſez ,
Qu'apres ce que je vois mes yeux ſont abuſez.
Deſavoüez l'amour que vous avez pour elle.
Pour Virgilie encor vantez-moy voſtre zele,
J'ay dequoy vous convaincre , & vanger mes bien-
    faits
Des mépris outrageans que vous en avez faits.
Mais regardez en moy Camille & Virgilie :
Nos maux ne vous en font qu'une meſme ennemie.
Voyez dans mes regards éclater ſon courroux ,
Et dans ce que je fais reconnoiſtez ſes coups.

CORIOLAN.

Eh bien,j'avoûray tout,quoy que je puiſſe craindre.
J'aime voſtre captive, il n'eſt plus temps de feindre.
Et s'il faut achever de vous ouvrir les yeux ,
Cette meſme captive eſt Virgilie.

CAMILLE.

                                    O Dieux !
Qu'entends-je ?

CORIOLAN.

            Voyez bien ce que vous devez faire,
Conſultez à loiſir l'amour & la colere.
Mais , Madame , ſur tout peſez plus d'une fois
Ce que vous me devez, & ce que je vous dois :

Et quoy que vous fassiez pour m'oster Virgilie,
Songez qu'auparavant il faut m'oster la vie.

SCENE V.

CAMILLE, SABINE.

CAMILLE.

Ainsi pour ton amour tout espoir est perdu,
Camille? mais helas ! ay-je bien entendu ?
Quoy ? cette Valerie à mon repos fatale,
Captive, dans mes fers, estoit donc ma rivale ?
Icy sous un faux nom elle cachoit le sien ?
Elle m'ouvroit son cœur, pour lire dans le mien ?
Me trompoit, me jouoit ? Mais voyant ses allarmes
Ne la devois-je pas reconnoistre à ses larmes ?
Aveugle, je nommois un zele officieux
L'amour que je voyois éclater dans ses yeux.
De quelle folle erreur estois-je prevenuë ?
Quoy ! j'ay veu Virgilie & ne l'ay point connuë ?
Et son amour a pû pendant nos entretiens
Paroistre dans ses yeux, & se cacher aux miens ?
Vaines reflexions ! que fais-je ? je m'oublie,
L'ingrat Coriolan court apres Virgilie ;
Et ce vain desespoir que je fais éclater,
Luy laisse des moments dont il sçait profiter.
Courons, chere Sabine, allons trouver mon frere,
Consultons avec luy ce que nous devons faire.
Faisons pour restablir nostre espoir abatu...
Tout ce qu'à mon amour permettra ma vertu.

Fin du troisième Acte.

ACTE IV.

SCENE PREMIERE.

AUFIDE, CAMILLE.

AUFIDE.

O'Uy, ma sœur, je vous dois & l'honneur & la
vie.
Je perdois l'un & l'autre en perdant Virgilie.
Sous l'erreur de son nom vous l'éloigniez de nous.
Elle alloit se choisir à Rome un autre époux :
Et d'un frivole espoir ma tendresse nourrie,
N'eust attendu qu'en vain l'ombre de Valerie.

CAMILLE.

Vous ne me devez rien. C'est l'effet du hazard.
Je me servois moy seule empeschant son depart.
Je croyois que l'ingrat adoroit ma captive ;
Que sa premiere ardeur me paroissoit moins vive ;
Mais qu'en vain j'arrachois Virgilie à ses vœux,
Puis qu'il tenoit icy par de plus tendres nœuds.
Ainsi pour me vanger avec plus d'assurance,
Sur ce nouvel objet j'ay fixé ma vangeance :
Au point de son depart je l'ay fait arrester.
O Ciel ! de quel plaisir osai-je me flater !

D iij

Je touchois au moment où j'aurois pû sans crime
A mon amour seduit immoler sa victime :
Convaincre mon amant d'une infidelité :
Et par honte ou par crainte abattre sa fierté.
Helas ! dans ma captive il cachoit Virgilie.
Il veut qu'on la luy rende, il s'emporte, il s'oublie,
Il menace, & toûjours mon amour outragé ...

AUFIDE.

Ne vous repentez pas de m'avoir obligé,
Ma sœur. Vostre fortune à la mienne est égale.
L'Hymen va dans mes bras jetter vostre rivale :
Et vous verrez bien-tost Coriolan confus
Briguer vostre tendresse, & craindre vos refus.
Je ne m'abuse point. J'ay reveu Virgilie :
J'ay peint Rome à ses yeux dans Rome ensevelie,
Ses maux, les miens ; j'ay mis paix & guerre à ses
        choix,
Pourveu qu'elle voulut me souffrir sous ses loix.
Elle m'y souffre : enfin mes offres l'ont touchée :
A son cruel amant je l'ay presque arrachée.
Elle ne peut souffrir son endurcissement.
J'ay promis : elle attend l'effet de mon serment.
Quoy que de quelques Chefs Coriolan dispose,
Vous pouvez tout, ma sœur, hazardez quelque chose.
Inspirez aux soldats le desir d'un repos,
Qui leur doit assurer le fruit de leurs travaux.

CAMILLE.

Partons. Il n'est soldat, ny Chef qui ne nous sui ve
Mais vous tenez-vous seur du cœur de ma captive ?
Et si de vos progrez Coriolan jaloux
Prenoit pour les Romains des sentiments plus doux,
Croyez-vous que ce cœur charmé de vos promesses,
Ne rallumeroit point ses premieres tendresses ?
Et qu'en ses premiers fers n'osant se r'engager ...

AUFIDE.

Ah que mon rival change. Est-il temps de changer?
Quoy? vous croyez qu'auprès des beaux yeux qu'il
    irrite,
Un changement forcé luy tint lieu de merite?
Non, sans doute, ils feront justice à mon amour;
Et pour Coriolan seront fiers à leur tour.
Mais il a pour changer l'ame trop inflexible.
Ou d'abord ou jamais il ne devient sensible.
Il vient à moy. Je vais d'une nouvelle ardeur
Contre les assiegez réveiller sa fureur.
Allez; & du succez soyez moins allarmée.

CAMILLE.

Répondez-moy de luy : je réponds de l'armée.

SCENE II.

CORIOLAN, AUFIDE.

AUFIDE.

Voicy l'heure fatale, où vous aviez promis
Que le Romain au Volsque enfin seroit soûmis.
Quand voulez-vous, Seigneur, répondre à nostre
    attente?

CORIOLAN.

Dés que je reverray l'armée obeïssante;
Et que ceux qui l'ont mise autrefois sous ma loy,
Cesseront d'employer ses forces contre moy.

AUFIDE.

Les Volſques qui ſous vous ont tant acquis de gloire,
Auroient-ils pû ſi-toſt en perdre la memoire ?

CORIOLAN.

Eux & vous perdez-la, Seigneur, je le permets.
Je ſçais en obligeant oublier mes bien-faits :
Mais je ſçais encor mieux à quoy l'honneur m'en-
    gage ;
Et je ne ſçeus jamais oublier un outrage.
Si pour tous mes travaux je n'attends aucun prix,
Apprenez que j'attends encor moins vos mépris.

AUFIDE.

Nos mépris ? eſt-ce moy, Seigneur, qui vous mé-
   priſe ?
Moy qui pour vous vanger ſoûtiens cette entrepriſe ?
Qui vous aſſoſſiant à ma gloire, à mon rang,
Pour vous de mes ſoldats prodigue icy le ſang,
Et qui maiſtre abſolu de la beauté que j'aime,
N'ay pour toucher ſon cœur eu recours qu'à vous-
   meſme ?

CORIOLAN.

Et ſi de voſtre amour j'eſtois le ſeul ſoûtien,
Pourquoy donc avez-vous deſeſperé le mien ?
Falloit-il par l'excez d'une rigueur nouvelle,
Me rendre des Romains la haine moins cruelle ?
S'ils ont juſqu'à ce jour perſecuté mes feux,
Vous m'eſtes plus contraire & plus barbare qu'eux.
Leurs coups tombant ſur moy reſpectoient Virgilie
En me chaſſant de Rome ils ne l'ont point bannie :
Mais vous Tiran d'un cœur qui m'a donné ſa foy,
Vous n'aſſaſſinez qu'elle & n'épargnez que moy.
C'eſt elle qu'on bannit : elle que l'on m'arrache.
Je la ſuivray, Seigneur, je veux bien qu'on le
   ſçache.

AUFIDE.

AUFIDE.

Et moy, Seigneur, dust-il m'en couster un forfait,
Je maintiendray le don que vous m'en avez fait.
Elle est à moy. Songez à me tenir parolle.

CORIOLAN.

Ah ! ne vous flatez point de cet espoir frivole.
Valerie est à vous : Virgilie est à moy.
J'ay promis de ranger l'une sous vostre loy :
Vous de favoriser ma passion pour l'autre :
Je tiendray ma parolle : & vous, tenez la vostre.
Si leurs noms par hazard ont esté confondus,
Leurs droits ne le sont point, ou ne le seront plus :
Et si de ce hazard on soûtient le caprice ;
Par raison ou par force on m'en fera justice.

AUFIDE.

Non, la feinte n'est point l'ouvrage du hazard.
A ces noms confondus vous aviez trop de part.
Dés que de ces deux noms l'erreur vous fust connuë,
Vous deviez détromper une ame prevenuë,
Qui foiblement encor captive en ses liens,
Par respect pour vos feux auroit éteint les siens.
Mais que vous ayiez pû dans un cruel silence,
Pour me desesperer nourrir mon esperance ;
M'abuser sous l'appas d'une feinte amitié :
Trahir enfin, trahir sans honte & sans pitié
Un cœur pour son mal-heur trop sincere & trop
        tendre,
C'est ce que d'un Heros je ne sçaurois comprendre ;
A moins que par l'espoir d'un indigne repos,
Le Romain n'ait en vous affoibli le Heros.

CORIOLAN.

Toûjours Rome, & toûjours la mesme defiance
Nourrira dans ce Camp la desobeïssance ?

E

Et l'on redoublera ces injustes éclats,
Pour tenter contre moy la foy de nos soldats ?
Seigneur, j'ay promis Rome : & dés ce jour peut-
      estre
Si je suis maistre icy, je vous en feray maistre.
J'y vole : mais avant que de sortir d'icy,
Du sort de Virgilie il faut estre éclaircy.
Je veux la voir. Je veux qu'en rival magnanime
Tâchant par vos respects de gagner son estime,
Vous la laissiez en paix disposer de son cœur
Pour celuy....

AUFIDE.

C'en est fait ; vous la verrez, Seigneur.
Je vous en donne icy ma parolle pour gage :
Mais voyez bien à quoy la vostre vous engage.
Je consens qu'elle soit arbitre entre nous deux ;
Qu'elle fasse elle-mesme un choix selon ses vœux.
Je vous promets de plus que sans me plaindre d'elle,
J'en subiray la loy favorable ou cruelle ;
Vous de mesme ; & tous deux reünis pour jamais,
Amis non plus rivaux....

CORIOLAN.

Oüy, je vous le promets.
Accordez-moy sa veuë, & je tiens ma promesse,
Dussay-je à ses dedains exposer ma tendresse.
Pourveu que vous laissiez le choix en son pouvoir,
Je consens....

AUFIDE.

C'est assez. Seigneur, vous l'allez voir.

SCENE III.

CORIOLAN, ALBIN.

CORIOLAN.

MAis, ô Ciel ! d'où luy vient cette subite joye?
Sous quel espoir, Albin, m'ouvre-t-il cette
voye ?
Pense-t-il enlever Virgilie à mes soins ?
Non non, c'est là de luy ce que je crains le moins.
Elle-mesme en ce lieu m'accablant de ses plaintes,
Tantost à son égard a rassuré mes craintes ;
Et si je la dois croire au sujet d'un rival,
C'est l'amour d'un Romain qui doit m'estre fatal.
Cependant à le voir si plein de confience,
Il semble avoir sur moy gagné la preference.
Il me brave, il me traite en amant negligé.

ALBIN.

Quoy ? Seigneur, Virgilie auroit-elle changé ?
Les nouvelles rigueurs qu'il exerce sur elle
Sont de foibles attraits pour faire une infidelle.
Aussi de comme vous inexorable . . .

CORIOLAN.

O Dieux !
Quel abisme de maux se presente à mes yeux !
Mais si dans les travaux qu'entraisne la victoire,
Las de tant de longueurs, dégousté de la gloire,
Aussi de à Virgilie avoit enfin promis
De traitter desormais les Romains en amis ;

Si par un tel effort Virgilie obligée
De ses premiers serments se croyoit dégagée?
Qu'elle n'eust plus pour moy que haine & que
　　　mépris?

ALBIN.

Sans doute il obtiendroit Virgilie à ce prix.
Mais d'un pareil effort le croyez-vous capable?
Aux yeux de ses soldats se rendroit-il coupable?
Il sçait que leurs esprits sont prompts à s'allarmer.
Il sçait....

CORIOLAN.

Ah! quand on aime, on ne sçait rien qu'aimer.
Peut-estre que d'Aufide ignorant les intrigues,
Aspirant à la fin de deux ans de fatigues,
Ces peuples inconstans recevront de sa main
Ce qu'ils refuseroient de celle d'un Romain.
La paix qui de ma part leur tiendroit lieu d'ou-
　　　trage,
Sans doute leur plaira devenant son ouvrage;
Et j'auray la douleur de perdre en un seul jour
Le fruit de la victoire & celuy de l'amour;
De me voir éloigner par la feinte d'un homme
Du cœur de Virgilie, & des rempars de Rome.
A ces deux coups, Albin, je ne puis resister.
Mon courage succombe. Il n'en faut plus douter,
Virgilie a promis: & son ame timide
A payé de sa foy la lascheté d'Aufide.
Je suis trahi. Je voy qu'on a conclu la paix.
Les soldats m'ont fait voir moins d'ardeur que
　　　jamais.
La jalouse Camille à mes desseins contraire,
Aura glacé leur ame en faveur de son frere.
Aufide pour l'assaut n'excite ma fureur,
Que pour me déguiser ma perte & son bon-heur.

Je le voy. Je le sens. Quel party dois-je prendre ?
A Virgilie, Albin, pourrois-je encor pretendre ?
Crois-tu qu'un cœur soûmis, des yeux humiliez,
Puffent trouver encor quelque grace à ses piez ?
Qu'aux soûpirs des Romains mon ame enfin ou-
   verte...
Non, perfides Romains, i'ay juré voftre perte.
Vous perirez.

ALBIN.

   Eh quoy ? Seigneur, que ferez-vous,
Quand vous n'aurez contre-eux qu'un impuiffant
   courroux ?
Quand les Volfques laffez de fervir voftre haine,
Vous laifferont en proye à la fureur Romaine ?
Que pourrez-vous tout feul ?

CORIOLAN.

    Qu'ils partent les ingrats ;
Qu'ils me laiffent chercher de plus fidelles bras :
Qu'ils aillent adorer dans leurs Villes craintives,
De leurs nouveaux amis les dépoüilles captives.
Que craignons-nous ? apres tant de crimes commis,
Les Romains, cher Albin, manquent-ils d'en-
   nemis ?
N'eft-il plus de Veïens, de Tofcans, de Samnites?
Crois-tu que des Latins les forces foient détruites?
Donnons, donnons un Chef à tant de braves cœurs.
Mais d'où vient qu'à regret je fens couler mes
   pleurs ?
Ah ! barbare, du moins fois fenfible à tes larmes,
Tu trouveras par tout des foldats & des armes,
Des cœurs pour ta vangeance ardens à s'animer :
Mais où trouver un cœur qui veüille encor t'aimer?
Et vainqueur des Romains, maiftre de l'Italie,
Ces noms te rendront-ils une autre Virgilie?

       E iij

ALBIN.

Non, ne la perdez pas. Les Dieux en ce moment
Vous inspirent, Seigneur, ce tendre sentiment.
Vous pouvez d'un rival prevenir l'entreprise.
La foy de tous les Chefs vous est encor soûmise.
Faites-les advertir & leur parlez de paix :
Vous verrez leurs desirs répondre à vos souhaits :
Et si c'est par vos soins que Rome est delivrée,
L'esperance d'Aufide est bien mal assurée.
Virgilie à l'instant condamnant son courroux …

CORIOLAN.

Tu me flates en vain. … mais elle vient à nous.
Albin, cours assembler tous les Chefs dans ma tente,
Helas ! que sur mon cœur Virgilie est puissante !
Et qu'avec les Romains ses yeux sont bien d'accord
A conspirer ma honte, & peut-estre ma mort !

SCENE IV.

CORIOLAN, VIRGILIE.

VIRGILIE.

JE vous croyois, Seigneur, au pié du Capitole.
Ne m'avez-vous donné qu'une crainte frivole ?
Et le soin de me voir vous fait-il negliger
Celuy que vous devez avoir de vous vanger ?

CORIOLAN.

Madame, je n'ay plus de victoire à poursuivre.
Mon unique devoir est de cesser de vivre ;

Et de laisser enfin au gré de vos souhaits,
Vous, mon heureux rival, & les Romains en paix.

VIRGILIE.

Vous nous laisser en paix ? mais ingrat, à quel titre
De leur sort & du mien vous faites-vous l'arbitre ?
De quel pouvoir icy pouvez-vous vous flater ?
Non, vous n'estes puissant qu'à nous persecuter.
J'ay trouvé des amis d'un zele plus sincere,
Qui font en ma faveur ce que vous n'osiez faire.
Il n'est plus temps pour vous d'oser me secourir.

CORIOLAN.

Eh bien, Madame, il est encor temps de mourir.
Je le voy, les Romains emportent la victoire.
L'amour de mon rival vous a vendu sa gloire.
Vostre cœur est à luy.

VIRGILIE.

       Non, je n'ay rien promis :
Mais la simple douceur d'un peu d'espoir permis,
Sur tous ses sentiments me rend plus souveraine,
Que mon fidelle amour ne l'est sur vostre haine.
Cependant je n'ay point sur luy depuis trois ans,
Mille droits que sur vous m'ont acquis vos serments.
Un seul de mes regards luy tient lieu de parolle.
Rougissez en cruel, tandis que je m'immolle ;
Et que j'ensevelis l'amour que j'ay pour vous,
Dans l'eternelle horreur d'aimer un autre époux.

CORIOLAN.

Ah ! si nulle pitié pour mes maux ne vous reste ;
Au moins épargnez-vous un destin si funeste.
N'exposez point ainsi le repos de vos jours.

VIRGILIE.

J'auray dans mes chagrins la gloire pour secours.
Cherchez à vostre gré le repos de la vie,
Je verray dans mes maux vos plaisirs sans envie.

Que m'importe des jours heureux ou mal-heureux?
Sauver Rome, Seigneur, est tout ce que ie veux.

CORIOLAN.

Sauvez-la. Je soûmets à vos piez ma vengeance.
Pour ce courroux esteint ayez quelque indulgence.
Voyez-moy tel que Rome estoit à mes genoux.
Sauvez-la : mais qu'au moins ie la sauve avec vous,
N'allez point emprunter une main estrangere,
Pour reparer les maux que la mienne a pû faire.
C'est à moy de briser les fers que j'ay forgez ;
De vanger vos appas que j'ay seul outragez
Il est vray que mon ame à son crime attachée,
D'un repentir moins lent devoit estre touchée :
Mais si celuy d'Aufide a prevenu le mien,
De combien mon amour precede-t-il le sien ?
Avant luy, j'ay trois ans d'amour & d'esperance :
J'ay sur tous mes rivaux trois ans de preference :
J'ay dans cet instant mesme où j'attends le trépas,
Vostre cœur qui pour moy soûpire encor tout bas.
J'ay pour moy les témoins de ces tendres allarmes,
Vos soûpirs, vos regards , ces vertueuses larmes
Que sur un criminel vos yeux laissent tomber ,
Et que tous vos dédains n'ont pû me dérober.
Croyez-en ces témoins, Charmante Virgilie ;
Et ne me perdez pas pour sauver ma Patrie.
Loin de vous imposer cette barbare loy ,
Laissez agir l'amour qui vous parle pour moy;
Ou si vostre devoir à ma mort vous engage ,
Condamnez-moy de grace avec plus de courage.
Cachez-moy . . . . .

VIRGILIE.

Je ne puis : & malgré mon courroux ,
Coriolan , ie sens que mon cœur est pour vous.
Levez-vous , je vous rends . . . .

CORIOLAN.

    O Ciel ? Mais quoy ? Madame,
Suspendez-vous encor le bon-heur de mon ame ?
Vous vous taisez au point que je me crois vain-
   queur ?
Qu'il semble qu'à mes vœux vous rendiez vostre
   cœur ?
Cette flateuse ardeur aussi-tost ralentie....

VIRGILIE.

Mais si je vous le rends c'est fait de vostre vie.
Seigneur, vostre rival a conceu quelque espoir.
Je le vois, je le souffre, il doit partir ce soir,
Il en attend le prix ; c'est mon cœur qu'il demande:
Je vous le rends. A quoy faut-il que ie m'attende ?
De quel œil verra-t-il vostre amour couronné,
Luy ravir ce qu'au sien il croyoit destiné ?

CORIOLAN.

Ah ! l'amour sçaura bien conserver ses conquestes :
Et ie redoute peu de pareilles tempestes.

VIRGILIE.

Craignez tout d'un rival & puissant & jaloux ;
Tandis que vous serez present à son courroux.
Si vous voulez mon cœur, mettez en assurance
Ce don que mon amour fait à vostre constance.
Partez avant la nuit, Seigneur. Dés ce moment
Emportez mon amour & sauvez mon amant.
Allez à Rome.

CORIOLAN.

   Moy, Madame, que ie fuye ?
Que j'assure en fuyant le repos de ma vie ?
Quel forfait, quelle honte exigez-vous de moy ?

VIRGILIE.

N'importe, mon amour vous prescrit cette loy.
L'amour change en vertus les crimes qu'il ordonne.

CORIOLAN.

Mais l'amour permet-il que ie vous abandonne ?
Que pour ma seureté, pour celle du Romain,
Je vous laisse au pouvoir d'un rival inhumain ?
Non, si j'immole tout au soin de ma Patrie,
N'attendez pas encor que ie vous sacrifie.
Si ie vous laisse icy, concevez la rigueur
Qu'exerceront sur vous & le frere & la sœur.
Pour vous persecuter tout sera legitime.
Seule de leurs fureurs vous serez la victime.
Et moy loin du peril j'attendray plein d'effroy
Le succez des combats que vous rendrez pour moy ?
Vous voulez me bannir dans ces tristes murailles,
Où j'irois loin de vous pleurer vos funerailles ?
Non non, Rome sans vous est pour moy sans appas,
Mon exil est par tout où ie ne vous vois pas.
Deux ans d'absence, helas ! devroient bien nous
        suffire,
Quel supplice nouveau me voulez-vous prescrire ?
Et pourquoy vous vanger par tant de cruautez,
Des soûpirs & des pleurs que ie vous ay coustez ?

VIRGILIE.

Laissez-m'en donc le fruit que ie puis en pretendre;
Et ne m'obligez pas desormais d'en répandre.
Vostre perte, Seigneur, est certaine en ces lieux,
Où la paix & l'amour vous rendent odieux.
Au nom des Dieux, fuyez, n'en ayez point de honte.
De cette fuite un iour l'amour vous tiendra conte.
Laissez au Ciel le soin de disposer de moy ;
Et me laissez celuy de vous garder ma foy.
Faites par un excez d'amour & de tendresse,
Pour affranchir mon cœur du chagrin qui le presse,
Pour preserver vos jours d'un indigne trépas,
Tout ce que vous feriez, si vous ne m'aimiez pas.

CORIOLAN.

Ouy, je voudrois partir, aimable Virgilie ;
Mais à trop de perils j'expose voftre vie.
J'ay beau tourner vers Rome & mes pas & mes
     yeux ;
Je ne puis m'éloigner de ces funeftes lieux.
Que vous diray-je enfin ? une force cruelle
Quand ie veux vous quitter malgré moy me rapelle ;
Mon cœur dans fes defirs chancelant & confus
Me dit que fi ie pars, ie ne vous verray plus.
Il ne fera point dit que ie vous abandonne.
Vous m'en preffez en vain, c'en eft fait. .

VIRGILIE.

          Je l'ordonne,
Coriolan, partez ; ou pour fauver vos jours,
Il me faudra d'Aufide emprunter le fecours ;
Et peut-eftre à vos yeux.... fi vous m'aimez de
     grace,
Dérobez noftre amour au fort qui le menace.
Contre voftre rival fortifiez mes vœux :
Et détournez un coup qui nous perdroit tous deux!
Adieu.

CORIOLAN.

    Vous me fuyez ? mais que viens-je d'entendre?
Quel adieu? côment faire ? à qui dois-je me rendre?
Pour en deliberer ie n'ay plus qu'un moment.
Ciel, foûtiens le Romain , & protege l'amant.

Fin du quatriéme Acte.

❧❧❧

ACTE V.

SCENE PREMIERE.

AUFIDE, VIRGILIE.

AUFIDE.

ENfin l'amour l'emporte, & Rome est hors de
     crainte :
Nous luy donnons la paix sans retour & sans feinte.
Les Chefs & les soldats ont gousté mes raisons.
Vous commandez, Madame, & nous obeïssons.
C'est à vous maintenant de couronner mon zele,
De seconder les vœux de ce peuple fidelle,
Et dans ce mesme Camp m'engageant vostre foy.....

VIRGILIE.

Mais la vostre, Seigneur, est-elle bien à moy ?
Gardez-vous vos sermens? pourquoy voy-je l'armée
D'une fureur nouvelle à l'assaut animée ?
Pourquoy ces feux brillans autour de nos rempars ?
Ce desordre, ces cris poussez de toutes parts ?
De vostre amour, Seigneur, c'est là le premier
     gage ;
Et sur cette assurance on veut que je m'engage ?

AUFIDE.

Non , n'apprehendez rien de ce trouble impreveu :
Coriolan luy-mefme & ma fœur l'ont émeu.

VIRGILIE.

Coriolan ?

AUFIDE.

Quoy donc ? ignorez-vous fa fuite,
Et l'eftat déplorable où ma fœur eft reduite ?
De vos bontez pour moy Coriolan furpris,
Honteux de devenir l'objet de vos mépris,
Sans efpoir de trouver ailleurs un autre azile,
Suivi de quelques Chefs s'eft fauvé dans la ville.
En fe fauvant , luy-mefme en a femé le bruit.
Camille a veu par là tout fon efpoir détruit,
Et d'un ardent dépit auffi-toft enflamée
Sur fes pas vers vos murs faifant marcher l'armée,
Elle croit par la peur forcer vos Citoyens
A luy rendre l'ingrat qui fort de fes liens.
Quoy qu'il arrive enfin la paix eft refoluë.

VIRGILIE.

Et qui me répondra de voftre retenuë ?

AUFIDE.

Moy , Madame , qui viens mourir à vos genoux ;
Si vous croyez mon cœur complice de leurs coups.
Moy , qui viens de leur foy me livrer pour ôtage ;
Et que peut apres tout executer leur rage ?
Mon rival fugitif leur dérobe fon bras,
Le mien n'obeït plus qu'à vos divins appas.

VIRGILIE.

Et que me fert qu'enfin le voftre m'obeïffe,
Si ce peuple toûjours fujet à fon caprice
Aux loix que vous donnez paroift fi peu foûmis ;
Qu'à vos yeux il infulte à vos nouveaux amis.

Faites-vous obeïr. Qu'on mette bas les armes :
Qu'on tarisse à jamais la source de mes larmes :
Qu'on parte. Jusques-là qu'exigez-vous de moy ?
Avez-vous quelque droit de pretendre à ma foy ?
Esclave d'une sœur vous me parlez en maistre ?

AUFIDE.

Madame, on m'obeït : je le feray connaistre.
La nuit s'avance : avant le retour du Soleil,
Vous reverrez mon Camp dans un autre appareil.
Rome n'aura de nous aucun sujet de crainte.
Mais, Virgilie, au moins voyez-moy sans con-
    trainte ?
Vos yeux me seront-ils d'eternels ennemis ?
Est-ce là cet accueil que vous m'aviez promis ?
De mon rival enfin regretez-vous la fuite ?

VIRGILIE.

Non, Seigneur.

UAFIDE.

     Voyez donc son indigne conduite.
Il a sçeu malgré nous que selon vos souhaits,
Mon amour aux Romains alloit donner la paix.
Sans doute qu'il pretend m'en ravir l'avantage,
Qu'il veut que cette paix passe pour son ouvrage,
Et qu'il porte aux Romains, feignant de les servir,
La nouvelle d'un bien qu'il n'a pû leur ravir.
Ouvrez les yeux, Madame, & nous faites justice,
Recompensez l'amour, punissez l'artifice :
Et monstrez aux Romains en couronnant ma foy,
Qu'ils ne doivent leur vie & leur repos qu'à moy.

VIRGILIE.

Qu'à vous? C'est dôc ainsi que l'on perd la memoire
Du Heros qui chez vous amena la victoire ?
Qui vous abandonnant à vos premiers destins,
La peut encor d'icy porter chez nos voisins ?

C'eſt par Coriolan que j'ay dû ſauver Rome :
Je l'ay fait. Et c'eſt moy qui fais fuïr ce grand
   homme.

A U F I D E.

Vous !

V I R G I L I E.

      J'allois par pitié vous en faire un ſecret,
Si voſtre emportement eut eſté plus diſcret.
Mais exiger de moy qu'à l'inſtant . . . .

A U F I D E.

             Infidelle,
Ingrate, c'eſt donc là le prix de tant de zele ?
Quoy, lors qu'à mon amour égalant mes bien-faits,
Je prefere au triomphe une honteuſe paix :
Lors qu'à vos intereſts je ſoûmets ma vengeance,
Vous m'abuſez icy d'une vaine eſperance ?
Et juſques dans mes fers vous oſez m'outrager ?

V I R G I L I E.

J'y ſuis encor, Seigneur ; vous pouvez vous vanger.
Vous avez mille bras pour m'arracher la vie :
Mais vous n'en avez plus pour perdre ma Patrie ;
Et toutes vos rigueurs me donnent peu d'effroy,
Si vous ne pouvez plus eſtre cruel qu'à moy.

A U F I D E.

Ah ! de quelque façon que voſtre orgueil me nõme,
Vous verrez qui je ſuis ſur les cendres de Rome.
Si contre-elle autrefois mes efforts furent vains,
Je n'avois point alors à punir vos dedains.
Ma valeur par l'amour n'eſtoit point animée.
J'aime : d'un pareil feu Camille eſt enflamée ;
Tous deux à nous vanger nous ſommes engagez.
Craignez pour ennemis deux amans outragez.
Je cours aveuglément où la fureur me guide.
Je reviens : mais non plus incertain & timide

Par de nouveaux reſpects combattre voſtre cœur :
Vous ne me reverrez que maiſtre & que vainqueur.

SCENE II.

VIRGILIE ſeule.

QUoy ? de ce deſeſpoir dois-je craindre la ſuite?
Non, qu'Aufide pluſtoſt ſonge à prendre la
   fuite.
Il menace en vain Rome ; & tels ſont ſes deſtins,
Qu'elle ne peut perir que par ſes propres mains.
Coriolan luy-meſme entreprend ſa défence.
Luy-meſme dans ſes murs eſt en pleine aſſurance.
Que crains-je? dans ce trouble & cet aſſaut confus,
Ne vois-je pas deſia tous mes Tyrans vaincus ?
Ils ſemblent oublier que je ſuis dans leur chaiſne.
Mes Gardes ſont épars ..... mais qu'eſt-ce qui me
   geſne?
D'où vient que malgré moy mon cœur craint leur
   courroux ?
J'ay mis tout ce que j'aime à couvert de leurs coups.
A leurs reſſentimens je reſte ſeule en proye.
Quoy ? lâche, ton peril doit-il troubler ta joye ?
Un ſi foible intereſt merite-t-il ces pleurs,
Qui du vainqueur de Rome ont eſté les vainqueurs ?
Si tu meurs, en mourant tu vois Rome immortelle
A Rome, ainſi qu'à toy Coriolan fidelle.
Mais ſi de tes Tyrans le courroux amorty
Laiſſe ...... Que vois-je ? Albin, vous n'eſtes point
party ?   SCENE

SCENE III.

VIRGILIE, ALBIN.

ALBIN.

NOn, Madame, & vers vous Coriolan m'en-
    voye.
Il n'a pû vous laisser à son rival en proye,
Ny sans vous se resoudre à partir de ces lieux.
Il vous attend, Madame.

VIRGILIE.

Albin, je tremble. O Dieux !
Tandis que dans ce Camp je vois tout en allarmes,
Que sur Rome & sur luy chacun tourne les armes,
Que je le crois enfin loin de ses ennemis,
Il est au milieu d'eux ! que m'avoit-il promis !
Helas ! il est perdu.

ALBIN.

Non, calmez vostre crainte.
Il a promis ; il veut vous obeïr sans feinte,
Madame : mais craignant qu'on ne suivît ses pas,
Du bruit de son départ amusant les soldats,
Il a pris loin de Rome une route secrete,
Et va chez les Veïens chercher une retraite :
D'où bien-tost sans peril achevant ses desseins,
Il pretend avec vous se rejoindre aux Romains.
C'est dans le bois prochain que plein d'un nouveau
    zele
Il vous attend, suivy d'une escorte fidelle.

F

Deux Gardes font gagnez. Le refte diffipé
Dans le commun effroy fe trouve envelopé :
Vous eftes libre enfin. La nuit nous favorife.
Marchons , Madame.

VIRGILIE.

Helas ! Albin , quelle entreprife !
Qu'en pouvez-vous attendre ! & quand nos ennemis
Au foin de me garder fe feroient endormis ;
Le deftin veille affez à traverfer ma flame.
Je ne le verrai plus.

ALBIN.

Vous le verrez , Madame.
Sa mere eft defia libre , elle eft mefme avec luy.
C'eft voftre feul peril qui fait tout leur ennuy.
On n'attend plus que vous, & fi quelque difgrace.....

SCENE IV.

VIRGILIE, ALBIN, SABINE.

SABINE.

AH! Madame, arreftez le fort qui vous menace,
Accourez.

VIRGILIE.

Où Sabine.

SABINE.

Où vos cruels amans
Touchent tous deux peut-eftre à leurs derniers
momens.

VIRGILIE.
O Ciel!

SABINE.
Coriolan n'avoit point pris la fuite.
On nous avoit trompez, on vous avoit seduite.

ALBIN.
Qu'entends-je!

SABINE:
Aufide à peine est sorty d'avec vous
Les yeux étincelans d'amour & de courroux,
Qu'avec empressement il a cherché Camille,
Resolu de tout perdre ou d'emporter la ville.
Animé de fureur il court de toutes parts
Ralier par ses cris les escadrons épars.
Mille feux qui par tout redoublent les allarmes
Dans un bois prés d'icy font briller quelques armes,
Il y marche, il y voit quelques Chefs amassez.
C'estoit Coriolan, sa mere....

VIRGILIE.
C'est assez.
C'est moy qui l'ay conduit dans ce peril funeste :
Allez, Albin, courez. Je prevoy tout le reste,
Sabine : Je conçois avec quelle fureur
Aufide se sera servy de son bon-heur.
Il aura ramassé pour abbatre un seul homme
Tout ce qu'il preparoit contre les murs de Rome.
Mais en vain par sa perte il croit me conquerir.
J'ay dequoy me vanger puisque ie sçai mourir.
Au moins si ses amis,... Dy-moy, que fait Camille ?
Voit-elle ce combat avec un œil tranquile ?
Ce cœur de tant d'ardeur autrefois enflamé
Peut-il abandonner ce qu'il a tant aimé.

SABINE.
La voicy.

***

SCENE V.

CAMILLE, VIRGILIE, SABINE,

CAMILLE.

Non, cruels, sa mort sera vangée.
Plus l'Auteur m'en est cher, plus je suis outragée.
Qu'on cherche Virgilie.

SABINE.
O Dieux, Aufide est mort?

VIRGILIE.
Madame, je le vois, à cet ardent transport.
L'ardeur de le vanger justement vous anime.
Vangez-le, j'y consens. Voicy vostre victime.
Aufide a succombé. Prenez....

CAMILLE.
Ah! plust aux Dieux!
Sa mort eut épargné son forfait à mes yeux!
Je ne l'aurois point veu ce frere inexorable
Plonger de ses soldats le fer impitoyable
Dans le sang d'un Heros qui n'avoit pour soûtien
Que sa seule valeur, vostre amour & le mien.
Coriolan n'est plus.

VIRGILIE.
Il n'est plus! Ah! Madame,
Le falloit-il punir de l'excez de ma flame?
N'estoit-ce pas sur moy qu'il falloit vous vanger?
Peut-estre apres ma mort il auroit pû changer.

Sa flame avec le temps se seroit ralentie.
Rendez-le moy, cruelle, ou m'arrachez la vie.

CAMILLE.

Perdons-la toutes deux, ou vangeons son trépas;
Mais ne m'imputez point des sentimens si bas.
Si je vous disputois l'empire de son ame,
Ce n'estoit point sa mort que poursuivoit ma flame.
J'ay voulu l'emporter sur vous par mon secours,
Et meriter son cœur en défendant ses jours.

J'arrivois au moment qu'accablé par le nombre,
Connu par sa valeur malgré l'horreur de l'ombre,
Sur cent morts, vils objets de son dernier courroux,
Ce Heros est tombé percé de mille coups.
Aussi-tost sur l'amas de ce cruel carnage
La douleur & l'amour m'ont ouvert un passage.
Sa mere s'efforçoit le serrant dans ses bras,
En arrestant son sang d'arrester son trépas.
J'ay joint mes cris aux siens, mes soins à sa foiblesse,
Et tel est mon mal-heur que malgré ma tendresse,
J'ay veu dans ses regars plus ardens & plus doux
Qu'il croyoit, me voyant, jetter les yeux sur vous.
Cette erreur réveillant les restes de sa flame,
Sur sa lévre mourante a suspendu son ame,
Et tiré de son cœur ce dernier sentiment :
I'obeys, Virgilie, & meurs en vous aimant.

VIRGILIE.

Ah! mon amant vivroit s'il vous avoit aimée.
C'est moy....

CAMILLE.

Profitons mieux du trouble de l'armée.
Signalons nostre amour, non par ce desespoir
Dont les timides cœurs se forment un devoir.
Vous, imitez sa mere. Elle remporte à Rome
Les restes glorieux de ce valeureux homme.

Suivez-la. Ramaſſez tout le peuple Romain
Contre un cruel amant, contre un frere inhumain;
Animez contre luy les trois parts de la terre.
Moy deſia dans ce Camp j'ay commencé la guerre.
Ouy, l'horreur de ſon crime & l'éclat de mes cris,
Des Chefs & des ſoldats luy font des ennemis.

VIRGILIE.

Pour vanger un amant ſoyons d'intelligence,
J'y conſens. Partageons le ſoin de la vangeance ;
Et que de noſtre amour tout l'Univers charmé
Doute qui de nous deux l'avoit le plus aimé.

CAMILLE.

Madame, Aufide vient pour enlever ſa proye,
Allez. Dérobez-luy ſa plus ſenſible joye.
N'attendez point icy qu'un barbare vainqueur
Pour prix de ſes forfaits demande voſtre cœur.
Laiſſez au deſeſpoir l'amour qui le tranſporte.
Venez. Mille ſoldats vous ſerviront d'eſcorte ;
Et vous verrez Aufide accablé ſous leurs coups,
S'il eſt aſſez hardy pour courir apres vous.

Fin du cinquième & dernier Acte.

Extrait du Privilege du Roy.

PAR Grace & Privilege du Roy donné à S. Germain en Laye le 5. Mars 1676. Signé, Par le Roy en son Conseil, DESVIEUX : Il est permis au Sieur GASPARD ABEILLE, de faire imprimer, vendre & debiter, par tel Imprimeur ou Libraire qu'il voudra choisir, un Livre intitulé *Coriolan*, pendant le temps & espace de six années, à commencer du jour qu'il sera achevé d'imprimer pour la premiere fois ; Avec deffenses à toutes personnes, de quelque qualité & condition qu'elles soient, d'imprimer ou faire imprimer ledit Livre, à peine de mil livres d'amende, de tous dépens, dommages & interests, comme il est plus au long porté par lesdites Lettres.

Registré sur le Livre de la Communauté des Imprimeurs & Libraires. D. THIERRY, Syndic.

Et ledit Sieur ABEILLE a cedé son droit de Privilege à CLAUDE BARBIN, Marchand Libraire à Paris, suivant l'accord fait entr'eux.

Achevé d'imprimer pour la premiere fois le 28. Mars 1676.

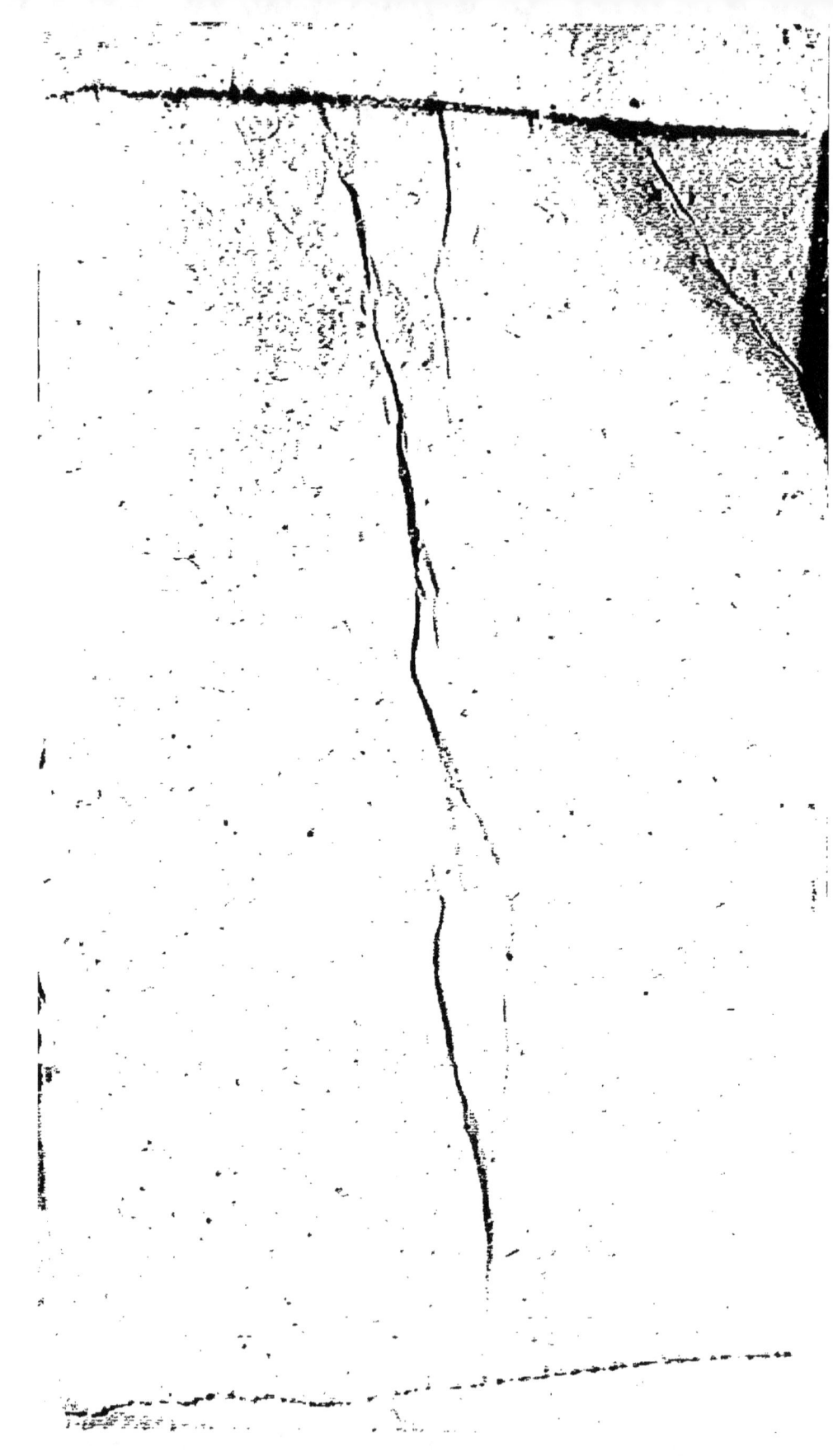